吉山随笔

李伟 著

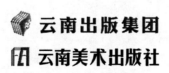
云南出版集团

云南美术出版社

图书在版编目（CIP）数据

吉山随笔／李伟著.—昆明：云南美术
出版社,2018.10
ISBN 978-7-5489-3416-5

Ⅰ.①吉… Ⅱ.①李… Ⅲ.①随笔—作品集
—中国—当代 Ⅳ.①I267.1

中国版本图书馆 CIP 数据核字（2018）第 250231 号

出 版 人：李维　刘大伟
责任编辑：韩洁
责任校对：贾远
封面设计：郭群花

吉山随笔

李伟　著

出版发行　云南出版集团
　　　　　云南美术出版社（昆明市环城西路 609 号）
制版印刷　北京富泰印刷有限责任公司
开　　本　787mm×1092mm　1/16
印　　张　9
字　　数　200 千
版　　次　2018 年 10 月第 1 版第 1 次印刷
书　　号　ISBN 978-7-5489-3416-5
定　　价　45.00 元

序

吉顺从来不问天，山高水远自悠闲。随缘可得千般趣，笔下清流出丽篇。

学术之名实，不必囿于皇皇巨著车载斗量，不仅存于名家泰斗经典集传，芸芸众生中，从不缺少草根奇才，文字的世界里，多有独抒性灵者。翁墨君给我的印象，乃是一个为传统所化之人，曾言"非先秦两汉之前的事，不要与他讨论"。不幸的是，其人又生活在一个传统失落而又日渐复兴的时代，市场经济的大潮席卷社会的每个角落，在获得巨大的物质满足之后，人们普遍感受到精神领域的荒芜和苍白，在无尽的迷茫和失落之后，人们不得不从传统中寻找资源重建价值体系。在这样的现实背景中，翁墨君的文字风格应运而生，他温柔敦厚的性格与现实的焦虑形成的张力总是不经意地出现在字里行间，含蓄委婉的表现手法与个性张扬的时代旋律时常对立地存在于作品的立意之中，情感中时现不满，抑或激愤，但更多透射出的是"乐而不淫，哀而不伤"中的中庸之气，于是，我们所见到的是，古典出新韵，古韵出新篇，民族的、民间的、民俗的内容不绝如缕，山水田园间漫步，都市高楼间穿行，诗歌散文独抒性灵而自成一体，杂论洒脱随意，极富时代气息。居吉山十年，是翁墨君潜心治学，诘问人生，省察自我的十年，他不断地用镜头和笔书写人生，雪山穹顶之下的圣洁，大漠黄沙的旷远，江南烟雨的纤细，碧海蓝天下的椰树风情，在翁墨君笔下自有一番味道，这种味道蕴含着古典的余韵，散发着乡土的气息，包含了现代元素，隐藏着都市人的迷惘，但无一不是真情的流露。

读万卷书行万里路固然是一种令人向往、令人自豪的事情，然行程匆忙，必有疏漏之处，无从考据，难免失之严谨。好的作品都是作者和读者共同完成的，诸君当撷取随意，不必苛求不可执真，则会倍感愉悦别有洞天。期待着与翁墨君共度一段心灵的旅程。

海德格尔说：哲学在途中。翁墨君又何尝不是呢？

你撇下一路风尘，

向着梦中的诗与远方。

我守候在路边，

等待着你的回望。

四季寒来暑往，世界天各一方。

不变的，

是真情的分量。

楚人：杨建辉

丁酉年，深秋于孝感

写给自己

四十多年前的今天

白云朵朵……

四十多年后的今天

乌云磅礴……

四十多年前的今天

是我

四十多年后的今天

依然是我

四十多年前的今天

幼稚但快乐

四十多年后的今天

复杂但幸福

四十多年前的今天

发生了很多事情但与我无关

四十多年后的今天

发生了很多事情但与我有关

——丙申年三月初一于吉山寓所

目　录

~~~~~~~~~~~~~~~~~~~~~~~~~~~~~

岁月苍苍

人在天涯

古墨风韵

尘世情怀

视觉言志

随心随笔

岁月苍苍

记忆的温存（内一首）

你是我记忆中忘不了的温存

一生中都是解不开的疑问

冷落了时节忘却了天真

也许你匆匆地飘然而过

时光刻下了我额头上的皱纹

我情愿的付出

是否润染了午夜的香枕

我不是你的回程票

依然为你开着一扇门

我快乐着却有些悲情

逐渐消失的背影，曾经的爱人

我表面的坚强

只是酒醉后的呻吟

追逐中我无处可逃

漂泊中何处是根

生活纵然没有一丝微笑

逝去的温存和午夜的香吻

曾经拥有的已经成为记忆

浪漫的诺言，言不由衷的真心

一切的一切淹没在都市里

不再回忆任凭雨水浸润

往事如烟，我已释然

将所有的所有打包封存

——2017 年 8 月 12 日写于广州番禺

故　乡

阔别的村庄，我没有什么可以
只能用手中的笔，此时，泪流两行
儿时的记忆，在心中流淌
糅合在一起的是我梦中的故乡
我不是诗人，沸腾的血液任意流淌
一首诗，一篇文怎能把你颂扬
故乡啊！故乡
坦荡如砥的平原，你是我心中的脊梁
小河流水轻轻地吟唱
月光下金黄色的是大豆高粱

我思恋过去，河边洗衣服的姑娘
清风掀起她的衣角，丰润的乳房
在哪里，麦秸垛边上
我们曾经的初吻，印记在心上
那个时刻，我梦里插上翅膀
你在村头悄悄地凝望
可是，我的心飞翔远方，远方
如今，我布满尘土回到故乡
没有虚假的意识，温暖心房
我用泪水记下此时此刻
所有的思念化成永恒的诗行

——2016 年 2 月 27 日 写于皖北

南国无秋天

一场秋雨一场寒

潇潇雨歇地连天

忽闻昨夜风破窗

一抹夕阳涂城南

南国原本无凉意

晓风残月珠江边

乌篷船头独自饮

今宵何必问当年

沧海桑田无绿柳

春梦一刻在阳关

牛头岭上望北去

东江湖面升紫烟

红尘有梦梦已碎

江雪不语化纸鸢

——丙申年—仲秋写于吉山寓所

发 如 雪

一夜白头万事非
花落暗香飘零催
我待闺阁尚未出
凤凰山上野风吹
终日得闲伊人瘦
折花断柳泪眼飞
北国佳人难再现
空留雪花惆怅归
红尘漫漫长夜路
孤星冷月暗自悲
大雁飞过秋千去
从此江北不迷离

——2016 年 5 月 22 日写于吉山寓所

送 友 人

多情自古伤离别
正是冷落中秋节
从此落日孤单影
折柳不认送兄台
花开花落不经意
同僚共事已六载
寡言少语真君子
世事变故落尘埃
今朝一别他乡去
何时春燕再归来
孤雁飞临帽峰山
泪湿沾襟难释怀

——丁酉年初秋写于吉山寓所

秋　吟

孤单河风疏渐影
暮光晨霭垂钓翁
思前想后多少事
化作一缕江边风
浑噩南国十三载
海市蜃楼虚幻中
当初小乔未嫁时
奈何阴霾他日晴
羽纶纶巾风流在
遥望丛台一棵松
江流九曲八道湾
物是人非已楼空

——丁酉年初秋写于吉山寓所

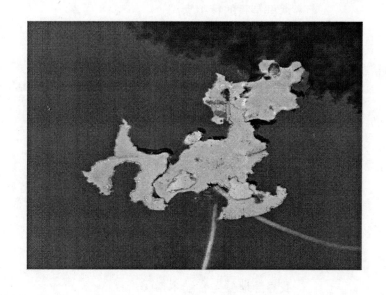

我走过（外一首）

我走过雪域高原
隆起的玛尼堆和五彩的经幡
投下一颗祝福的石子
吉祥如意一生平安
我虔诚地俯身唐古拉山下
皑皑的白雪，天空湛蓝
那一刻我沉默不语
无际的夜空繁星点点
少年的轻狂浮躁
只为来世的一段情缘
蓦然回首在茂密的林卡
飘逸的长发忽隐忽现
我追寻在香巴拉
那里是我的精神家园
庄严肃穆的布达拉
是我心底永远的呼唤
我闭目在萦绕的香火中
耳畔响起七字真言
一排排的转经筒
只为触摸到你的指尖
叩拜的漫漫长路上
不是为了超度
也不是为了觐见
祈祷神灵的佑护
来世贴近你的温暖
我静静地凝望着纳木错
那里有超脱的灵魂，一生的期盼
一个美丽的梦
我愿意就此长眠
晨曦中的羊卓雍湖

如诗如歌，如梦如幻
圣洁的湖水海天一色
承载着过去，寄托着我的明天
风雪中来到了查瓦拉
又一次拥抱心中的女神米拉山
贡嘎神鹰的起起落落
风雨中依然留恋
奔腾不息的雅鲁藏布江
游走在天地之间
我徜徉在冰冷的河水
荡涤我心中的孽缘
我行走在干涸的柴达木
聆听着亘古的呼唤
我是一滴水流入沱沱河
只为一生中美好的祝愿

——2017 年 8 月 21 日写于洛溪

秋　思

长烟落日碧海天

枫林残忆呜啼眠

八百里外有凉意

酷暑难耐是岭南

去年夏日与君别

十里长亭泪涟涟

我待秋日唱旧歌

人困马乏古道边

红豆南国最相思

山中啼哭是杜鹃

秋风萧瑟叶落下

天际远影一孤帆

——2017 年 8 月 9 日写于广州番禺

人生悲欢几多时

悲剧就是将美好的东西毁灭给别人看——鲁迅。又，古人云：人有悲欢离合，月有阴晴圆缺。这里所说的悲剧无不指人生的一种经历或者是一个境遇。

如果说这个时代就是悲剧的时代，作为一个独立的个体只能慢慢忍受悲剧带来的苦辣，不要试图深究悲剧的原因，也不要试图避开悲剧的发生，宿命论中大多数人都不以为然地等待，最终只是徒劳挣扎后无奈的结果。悲剧面前没有坚强不屈或者退避三舍，因为，悲剧的过程是慢慢地演绎而来的，并非一朝一夕瞬间形成的。因此，悲剧未必就是苦难的终结，痛苦也不一定就是悲剧的再现。

相聚是陌生开始的最初重复，当面对面时，不是肉体之身的再度重合，也不是彼此相互音容笑貌的反复叠加，是两颗心从遥远的两个距离在相视一刹那间的心领神会。我们放下的是对自己的释怀，放不下的其实就是牵挂着对方，一厢情愿地投入而明明知道对方的忽略，即将导致的是内心的失落和莫名奇妙的忧伤。每一出悲剧不完全都要有剧本和完整的剧情，我们往往是首先把自己先阴暗下来，再过渡到符合所有的悲情或者悲剧中去。

大多数人比较熟知的比如爱情悲剧、个人悲剧、命运悲剧或者一段时间的特定的悲剧等。悲剧是每一个人从未事先预知的一种痛苦的感受，没有先见之明的各种因素集中纠结起来，转化成不可承受的力量，这就是悲剧的简单化成，躲避现实或者去回避风险都是人类个人意愿的美好向往，事实如此，当面临一次次的失败和痛苦时，人类学会了从反省到认知再到用尽一切手段而躲避时，获得最终的结果基本都是一败涂地，反之，我们是否可以消极地坐以待毙？或者任其自流地继续下去呢？问题的简单是表面上的肤浅理解，内在的关系在特别复杂的情况下其实是难以寻找到真正答案的。

爱情是为了满足自己私欲的表现，无论是精神上空白需要对方的填补，还是生活中寂寞需要一个伴侣，再者是生理上对于性爱的需求等，其实，都是在不知不觉中满足自己的缺失。因为我们寄托的是让自己能够各方面完美，因为欲望一直都在充斥着我们的内心而且又孜孜不倦地为了达到追求，所以，不可避免的失落情怀在患得患失中凝视着一个方向，在痛苦中不情愿地释放掉从而只能无奈地品尝着自己酿成的悲剧苦酒。

有人说婚姻是爱情的延续，爱情是感情的提炼，那么感情呢？感情是出于对方好感反射过来的接应，也许这个定义不是很准确，但反观诸多悲剧中以情感悲剧居多。社会上流行一句话，没有爱情的婚姻是不道德的，那么，有爱情的婚姻是不是就一定有道德呢？爱和情其实是两个概念，爱是占有和被动愿意接受的关系，情是双方自然而然产生的相互依赖的关系，因此，爱与情我不知道如何能够联系在一起？这里所说的爱无论是性别之间还是年龄差距其实都是存在的，存在不一定就是符合逻辑的，通常我们认为最普通的爱是性别之间的一种方式，从最开始的萌芽状态到彼此的融洽接受，并非都是心理活动的过程。

　　男女之间的第一次接吻忘记了彼此口中不同的气味，从身体感官上不由自主地做到自然接受，双方不断的刺激和如痴如醉的投入，一次次地刺激着对方的敏感部位包括诡异的肌肤，于是乎，在尚未完全定义结果下双方器官的有效介入，从而达到了所谓的爱的高潮。瞬间的欲死不能是忘记了明天即将悲剧的开始，一时的心理慰藉分解了双方起身或者下床之后的各自所需……

　　我们可以忘乎所以，我们可以在做爱的过程中忘掉天地间的存在，我们可以假设自己在高潮之后所有的残酷现实，甚至明天的天昏地暗远走他乡的孤单……事实上不能回避的依然来到，重新定义悲剧时多半都是人类的作茧自缚或者是因果循环的必然报应。

　　我没有诋毁爱情的意思，但也没有歌颂爱情美好的想法。当一个时代远离我们时，即将到来的这个时代我们能否平静对待？固有的思维方式能否冲破我们原来的所有定力？

　　如果你的人生注定就是一场风雨，你是否愿意面对完全取决于你个人的得失观念，如果这个时代所能给予的不是悲剧，毫无疑问的就是自己在扮演着悲剧的独角戏。

　　悲剧是人生，人生不一定都是悲剧。

——2017 年 7 月 30 日这写于喜马拉雅

我心随意在四方

溜溜达达看世界，悠悠哉哉走天涯，不知这是一句谚语还是他人总结之语言，总之是随心所欲、随处而安的一种心境吧。

世界上最远的距离不是天涯海角，而是曾经相识、匆匆遇见后的漠然各自遁去，你我的故事里也许继续重复着昨天的记忆，但这个记忆在一片唏嘘声中显得如此悄无声息。

匆匆地一朝别过，那些牵肠挂肚的人，如同秋天的落叶在沉默中悄然归根，纵然是山高水长的蝶恋之情，再见也成了遥遥无期……

没有预约，没有激烈的感想，更没有让我昔日难以忘怀的眷恋，虽然，在你我同在看蓝天下面对炙热的阳光，却有着与往日不同的感受。

纠结并非是心情的延续，沉睡也不是刻意地忘掉一段心酸的记忆，但无论如何，犹豫徘徊，都不能在瞬间彻底从心里郁闷得到释怀。我心如止水，仿佛老僧入定一般沉默不语，在花开花落中凝结着我的是肉身之躯，在温情似水中融化了我的刚强刚毅。

也许，你的前生是阳春三月柳絮飞舞的化身，在姹紫嫣红的季节里依然展示着你独有的芬芳；也许，你在梦里是昙花一现的华丽转身，朦胧中看不到你昨天的风韵，远远望去你在寒风中如此清瘦骨感。

我在乐府诗中寻找着你的以前，在古战场中追寻着你的足迹，你傲然挺立的身躯，在一片茫茫人海中是如此鹤立鸡群，就这样也只能这样苦苦寻求着回忆中的短暂满足，明知一切无济于事的失望，却依然坚守着那个令我陶醉的海市蜃楼。

是夜，仰望浩瀚的星空，任意展开我的思绪，我心归向何处？我心向往何处？远处忽明忽暗的微弱灯光，在黑夜里是那样的凄凉，宁静的夜晚此时心潮澎湃，在原本安然无事的平静中应该是属于自己的狭小天地，但蠢蠢欲动的是不安分的骚动之心，激动万分的是明日的他乡相遇。

梦回唐朝，繁花似锦的长安古城令人向往。无论是富庶的江南水乡，还是茫茫戈壁的西域楼兰，无论是天地广阔的碧绿塞北，还是隔海相望的扶桑岛国，在一片山呼万岁声中迎来了大唐的无限辉煌，威仪四方的是繁荣昌盛而又强大的大唐帝国，万人朝拜的梦中之都，那就是心灵的永远归宿——长安。

我观三月灞上花，

柳絮漫天仙女澈。

城门九楼已往事，

谁人再登大雁塔。

看不尽的古往今来，道不尽的今生今世，花开花落的四季轮回，众生灵中存在的意义，在相互理解与相互包容中不断地重复着依旧没有变化的世界。我心自由，我心自在，我心在远方，我心在远方的远方……

——2017 年 10 月 10 日凌晨，写于吉山寓所

吉山独吟

少年不知老年闲
飘如白云问青天
巴山夜雨四十载
不约陶公是炊烟
昔日杜甫陇西上
辗转百回度秦观
瀛江海天混一色
京都繁华成云烟
诸葛常居卧龙岗
三顾茅庐而下山
从此不闻鸡鸣声
英年早逝五丈原
世间万事难预料
散尽千金无须还
少年得志又如何
天命之年望紫烟
我欲独步仗天下
青山绿水结为伴

——丁酉年处暑写于吉山寓所

惜　　志

四十春秋转头空
多少往事风雨中
少年不读圣贤书
远近相识尽白丁
古训箴言八章在
只是耳畔如清风
热血立下鸿鹄志
昙花一现昨日梦
而立之时空悲切
遥见司马洛阳城
时常徘徊在歧路
漫漫长夜守孤灯
丝路花雨一线天
雪域高原听钟声
我非达人已尽力
怎奈天意望苍穹
书山有路勤作舟
叩拜先师苦读经
天地自然本自然
太岳道法走偏锋
我本布衣居乡村
何来红叶题诗红
终日三三两两事
一如乡痞笔墨穷
人不风流枉少年
红尘雅事笑谈中
黑髪未及朝如雪
恍如昨日一世空

——2017 年 8 月 17 日写于广州番禺

愁　思

人到黄昏独自愁

望断西江天际流

天命之年方中正

怆然泪下已三秋

晨曦薄雾日暮清

西风瘦马醉回头

夕阳西下残阳血

一蓑一杆坝上叟

——2017 年 8 月 13 日写于广州番禺

游　长　城

万里长城万里长

长城内外皆故乡

一轮冷月挂边关

古道漫漫诉衷肠

昔日铁戈金枪在

不见当年秦始皇

北国烽烟连绵起

谁人再来古战场

如今已是太平年

天翻地覆慨而慷

——2016 年 1 月 25 日写于八达岭长

只有释怀才能放下

这个世界就这么不完美，你想得到些什么就不得不失去什么。

——柏拉图

释怀是一种情感上的无奈、不想争取的彻底忘记，释怀是一种从未有过的、如此讨厌过去的回忆，曾经对情感、友谊、友情的孜孜不倦的追求，在筋疲力尽时，换来的是自己安慰自己的一息慰藉。

不可固定的或者是不能确定的诸多因素，在一次次的风起云涌时，远远地观望，不愿意自己深入，却还是身陷囹圄。也许，释怀和忘记不仅仅是一念之差，更是冷静过后的、重新的认识以及在盲点中是否真正寻求到属于自己的轨迹。

有着风一样的飘忽不定，随处的安身立命并非是内心预算好的或者是早已规划好的线路，在这里，没有过多的表白和言论，没有过多的思考，乃至于习惯性的思前想后都在不觉间忽略忘记了。

有人说放下是一种姿态，也有人说放下就是放下了，放下有时是一段时光尽管是风云变幻的夕阳西下，残阳如血的森林在一片寂静中，仿佛找回了自我，仿佛又一次走向了自己曾经走过的羊肠小道……

我们时常感叹过去的忧伤岁月，在回忆中有意识地避开不愉快的事情，但脑海里依然存在着挥之不去的梦魇。我没有伤感地去面对这一切，因为伤心的事情总是在来回地重复中反复叠加一起，最终形成不可抗拒的巨大能量。于是乎，我仅仅是站在高处默默地祈祷，在远处冷冷地观察着这一切，似乎逃离了的现实怎么能意识到又一次的轮回？清平为乐，空中皆存，我乃自然之物，何谈喜怒哀乐？

空荡荡的不是全部的心灵世界，仰望苍穹在平凡中一个一个的伟大梦想，这里没有空洞乏味的浮想联翩，没有绚丽缤纷的童话世界，没有欲死不能的男女交欢之乐，此时此刻，如同一座没有生命力的雕塑，任凭时光肆意地雕刻，形同骷髅的躯干在瑟瑟秋风中依然矗立着，我之悲哀？你之不幸？

佛说，天下最小，人心最大，在大与小之间的根本是形状还是时空的距离？这些哲学性的问题不曾真实地考究过，同时，也没必要清楚地让自己都感到难堪。

我心平静，因为我已经走出自己的地平线。

我心安然，因为我不再做无谓的缠绵。

我心坦然，因为我已看淡的就停留在看淡上。

孤独不是永远的相依相伴，独处也不是从一个状态到另一个状态。如果真的放下了，那么你会……

吉山随笔

当冬日的第一缕阳光照射大地时，你会漫步在丽江古镇的青石板上，悠然地听着纳西族清脆而富有节奏的手鼓声，远处的玉龙雪山在阳光下是那样的洁白无瑕，是那样的庄重圣洁。在这个美妙的时光里，忘却时间的流逝，忘却你心中等待的她，忘却你心中与你匆匆那年的擦肩而过……一切的一切都封存在记忆里，包裹在心情里……

清理思绪重新走上自己的快乐之路。

——2017 年 7 月 20 日写于吉山寓所

徽州文化之旅：黄山归来！

今天下午终于结束了 3 天的黄山旅行。两整天的黄山游览徒步，共计走了 35 公里。今天下山时已经是疲惫不堪，两条腿都不知道是谁的。

第一天徒步了 17.8 公里游览的景点：始信峰—猴子观海—梦笔生花—排云亭—云谷寺—北海景区—狮子峰—丹霞峰—黑户松—清凉台—石苏缸—回音壁—卧龙松—犀牛望月—西海大峡谷。

第二天徒步也就是今天徒步了 18 公里。游览了：光明顶—飞来石—送客松—百步云梯—一线天—鳌鱼背—白鹅岭—孔雀戏莲花—鳌鱼洞—竖琴松—迎客松—玉屏峰—慈光阁。

没有去的是：天都峰和鲫鱼背。原因是已经无法再有力气爬上去，再有就是整个坡度估计在 70 度以上且距离特别长，站在天都峰下思忖了良久，最后决定放弃。

通过几天的游览有所体会这里给大家几点建议：游览黄山时从后山上山也就是云谷寺索道，下山走前山，简单一句话：后山上前山下。另外，上山时一定坐索道没必要浪费体力，因为去黄山是看景的不是找虐的。无论你的体力是否可以，也没必要徒步上去，如果你觉得自己是李元霸特别想找虐，就去米拉山、神格里贡山或者念青唐拉。整个黄山有你走的路，尤其是下山时记得一定要使用登山杖和护膝，因为下山的路特别陡峭且特别特别长……

建议住在黄山一晚用两天的时间游览比较好。关于黄山的费用，一个人游览如果住山上，所有费用加在一起大约 1600 元左右。

最后想说的是，黄山让人游览后赞不绝口！国内很多景点往往都是看景不如听景，果真去了几乎都后悔！但是黄山你不会后悔的。

五岳归来不看山，黄山归来不看岳。名副其实！安徽人民的朴实和热情时刻欢迎您的到来！

——2017 年 5 月 6 日写于屯溪新安江

人生曲线之美

人着，仁立刚正，外表恰似参天之竹，实乃脆弱之极！曲着，弯也，线着，直也，虽有千层沟壑勿以贪食饱也。纵观人生之历程，多以七上八下居多，又，念念不忘着犹如老者，或忐忑不安，或翘首期待，或犹豫不决，或肝肠寸断，或游弋梦幻，或感叹三秋，或心存志远。

过往云烟，匆匆一刻，你我皆知，有目共睹，崇山峻岭，绵延起伏。江河溪流，千折百曲。

大海汪洋，波涛汹涌，暗流涌动，英雄气概，荡气回肠。海浪滔天，风口浪尖，歧路沾巾，曲波相连。我为明天，美好无限！

对影三人，枫桥泊头，浊酒洒地，一弯新月，悬空而挂；道道彩虹，弯如满弓。

田园风光，牧童竹笛，悠扬曲长，夕阳西下，树短影长，我是男儿，定当自强！闲云野鹤，云卷云舒，无欲无求，老僧入定，花格西窗，飞禽展翅，弯曲莫测。走兽奔跑，屈伸自如。

风花雪月，哀鸣断肠，其言也善，其言也真，花草树木，万物风情，更以弯曲显露媚态，展示风采。

浩瀚宇宙，动听之歌声，优美之音乐，长短无序，高低起伏，铿锵叮咚，抑扬顿挫，记在纸上是曲线之谱，听在耳中是天籁之音，感应在心里是弯曲之美。君不见九曲黄河十八湾，千回百转流淌着苍凉悲壮的自然美；万里长城龙虎盘，蜿蜒起伏昭示着华夏民族的精神丰碑。

——2015 年 11 月 17 日写于东圃

走进徽州，梦落宏村

宏村被称为中国画里的乡村，世界文化遗产。第一眼看到她时，是村口大片的残荷映入眼帘，随着起伏蹁跹的思绪走在青石板上，不远处青山绵延、炊烟袅袅，此时的宏村如同温柔的少女，敞开温暖的胸怀接纳着远方客人的到来，微风浮动，碧波荡漾，两岸芊芊的杨柳在清风拂面下婀娜多姿。

弯月的画桥把南湖巧妙地一分为二，静静地伫立在湖心，任凭千年的风雨侵蚀依然在沧桑中焕发着青春，湖面倒影的是粉墙黛瓦，在幽幽暗暗中依然留下那一抹夕阳的短暂时光。

如果说宏村是美丽的少女，南湖便是她冰清玉洁的肌肤，在阳光下她是如此的安静，如此的温顺，如此的让人怜爱……我来到了宏村，梦也落下了宏村。这里有我曾经梦里的快乐时光，如今走进你的怀抱，让我感受一次从未有过的千年绝恋都无法比拟的眷爱。

宏村，我无法用语言形容你的静美，也无法真正近距离感受你内心深处的委婉之凄，你古朴的风姿伴随着琴瑟之音，再一次谱写属于你自己的优美华章，也许明年的今天我还会如期而至，也许明年的今天你依然淡妆典雅，静静地等待着，也许明年的今天你会给我讲述你所经历的百年沧桑，也许一切都是为了那个梦中的约定，更是为了唤起那久远的记忆……

——2017 年 5 月 3 日写于徽州之宏村

关东印象之沈阳

　　短短的几天，沈阳之旅即将结束，有好多的话想说一时间竟不知从何说起……沈阳是一座北方重镇，是一座历史名城，亦是一座久违的让人不得不唤醒记忆的城市，沈阳城市不算大，也没有我们经常所说的历史厚重感，但她承载的过去的、今天的、将来的，很多很多……

　　走在沈阳故宫博物院的青石板路上，我心潮澎湃，激动万分，故宫里发生的一切事情虽然无从知晓但又一次把我拉回那个战火纷飞的年代，努尔哈赤领导的八旗子弟骁勇善战、所向披靡，一路打进北京城，想到这里不禁让我黯然伤神……是民族的自立自强还是胜者为王败者寇的必然结果？是历史潮流滚滚向前的大浪淘沙？还是斗转星移、物是人非的自然发展规律？诚然，这些都是没有答案的答案，而所有的这些都将化为乌有、付诸笑谈中。

　　经历过叱咤风云的沈阳，没有沉浸在往日的辉煌之中，经历过多少次的战火洗礼不仅没有沉沦反而焕发着属于她的青春，走在沈阳的大街小巷，这里的人们并没有觉得冬天有多么寒冷，他们热情洋溢着欢快的微笑，一口纯正的东北话直到把你逗得开怀大笑，这里是沈阳，这里就是沈阳。在沈阳的几天里行程不算紧凑，也不算过于懒散，我静静地观察着这里，我默默地感受这里，我轻轻地抚摸这里……我有心用文字记录她的一切，她过去发生的一切，可惜我无从下手，我感受的也只能用心再一次地去感受。

　　沈阳之行我很满意也很快乐。应该说是一次快乐之旅亦是一次幸福之旅。如果说沈阳是一首经典老歌，那沧海桑田的巨变就是这首歌的歌词，如果说沈阳是东北历史的一个缩影，那她历经的磨难和起起落落就是历史的见证。

　　我喜欢沈阳不仅有传统的二人转，我爱沈阳不仅有热情的沈阳人民，她不屈不挠的奋斗精神、永远不甘落后的好胜之心，这一切的一切都蕴含在沈阳人的内心深处。

　　感谢好友刘嘉玲、小张等朋友的精心安排和细心照顾，让我在寒冷的冬天感受到春天般的温暖。沈阳！我旅行中的梦里故乡。

——丁酉年孟春于沈阳：华人国际酒店

关东印象之影视城

关东影视城坐落于国家级文化产业示范区、国家 4A 级旅游风景区——沈阳棋盘山国际风景旅游开发区内，占地 28 万平方米，总建筑面积 3.8 万平方米，是著名表演艺术家赵本山先生出资近 3 亿元建造的，内有清末民初各式风格建筑 177 栋，集影视拍摄、旅游观光、文化教育、实体经营为一体，是国内唯一——座展现 20 世纪初期关东风貌的大型影视城。

影城由我国著名美术设计大师霍廷霄先生亲手设计，国内十几位规划、旅游、民俗、历史专家联手打造。通过再现 20 世纪老沈阳中街、太原街、北市场、南市场等地的特色建筑，集中展示了 20 世纪的"关东文化"。

梅 花 赞

香雪公园梅花香
花落花开近残阳
原本隆冬腊月梅
竹林茅舍赋篇章

——丙申年，冬至写于广州萝岗

咀嚼碎语

　　每个人都有自己的高度，在看待高度时我们所处的位置不同，因此，决定着我们的深度也不一样。生活中有很多平淡无奇，也有过梦幻中的传奇，人人都认为自己是这个世界上独一无二的，事实上都是普通人，也都是庸俗平凡之人。

　　我们通常不愿意承认的大多都是不愿意去面对的，而将要面对的也是在迫不得已的情况下，克制着自己的情绪，忍住自己的暴躁，控制着自己的激动，直到你瞬间化作沉默和平静，每天的反复无常和心情的差异化，几乎让我们每时每刻都感到焦虑，在迷茫中孜孜不倦地求索，在困惑中一如既往地前行，在徘徊中努力勤奋地寻找着，在几度失落中无奈地叹息着，也许这就是构成我们生活的一部分，也许这就是我们不愿意且很想逃避的生活状态，总之，就是这样一路走来直到我们自然地停留。

　　我们向往强者是因为满足了内心的征服欲望，在弱者面前一切的强大都是因为比对和反复形成的落差的结果，因此，强者的脆弱是弱者回归线，亦是面对困难无能为力的一种解脱方式，但往往可悲的却是强者，在经受一次次打击之后带来的不仅仅是肉体上的疲惫，更有心灵上的创伤，于是，我们学会了回避，学会了逃避，学会了能规避掉一切有可能的不利因素，包括预料到的尴尬。

　　人类从来都不是主动回味困难的动物，我们的意识里面有过青山绿水，有过蓝天白云，有过舒畅的好心情，有过对美好愿望的追求，当这一切化为泡影时，在气急败坏中寻求着一种来自上天的慰藉，可怜的是我们不能决定过程的延续性，更不能决定最终的结果，尽管事情的从始至终都有自己的参与。

　　心灵的饥渴并非是真正意义上的孤独，在不确定的某些时间段里，都有过间断的孤独寂寞，在排遣的同时，我们忽略了身边发生的一切，我们关注的是自己的心情，我们在意的是周围对自己的看法和感觉，包括评价等。

　　在漆黑一片的夜空里，仰望星空，内心深处何曾不是黑暗的孤寂，追忆过去也许在遗憾中一次次地原谅了自己，回味过去也许在冷落中重新找回了自己，我们颠簸在只有一个人的路途，没有相依相伴的旅友，没有悠扬的曲子伴随着独自的行走，没有一声轻轻的问候，更没有他人的思念和想念，其实，你就是一个独立的个体，你就是一个随风而去的树叶，往日的时光飞逝不再代表你的青春，过去的终将是你一生一世的遗憾。

　　我们向往古人的洒脱和简单，飘逸的长髮往返于江湖，没有人间烟火的烦琐，没有炊烟的林间缭绕，没有生儿育女的沮丧，行将至老的是以我的超脱，即便是在瑟瑟发抖的凛冽寒风中，依然有着自己的安慰，哪怕是如此的单薄，哪怕是如此的飘忽不定……

　　人间悲剧不时发生在人生舞台，当我们都是演员时，一切的演绎都是在预先设定好的剧本下慢条斯理地完成，后果与正在发生的过程有着必然的关系，只是我们的先天缺陷或者不具备这个功能，但依然在我行我素中继续前进，直到我们恍然大悟，但一切都已晚矣。

我们喜欢憧憬将来，我们喜欢回忆过去的过去，我们喜欢回避不愿意去想的一些，但是，正在发生的过程我们不曾留意，也不曾注意。

短暂的时光带不走的终究会留下，不尽人意的终究会过去，我们除了祝愿还能做什么？我们除了寄托还能做什么？

你的、我的、她的、他的、你们的、我们的都将成为历史，也都将成为回忆的一个片段。

———2016 年 11 月 22 日凌晨写于广州

不老的传说

一个不老的传说
一段永远割舍不掉的思念
一段儿时的回忆……

我们忘却的是瞬间，留下的是永恒，那一天，那一晚，还有默默相对不语的夜晚……

这里，曾经的足迹被雨水冲刷，这里；梦里的小木屋已被喧嚣和繁华淹没，但，悠扬的陶笛依然回响在耳旁。

今夜星光灿烂，今夜注定又是一个不眠之夜，任凭思绪的长河就这样静静地流淌，任凭往日的岁月如同一首老歌再一次地轻轻吟唱。

我无意让时光倒流，过去的终究过去，即将到来的依然到来，一边是对未来的向往，一边是透支心胸的梦想，每每走在十字街头不停地张望，停留下来的脚步怎能阻挡？

微风中你翩翩起舞，舞动的青春是你个性的张扬，想抓住柔弱的身躯，怎奈如同流星一样！

就这样，也只能这样安静地回想，相思之苦的泪水，模糊了双眼，也模糊了远处的霞光。

———丙申年，仲秋写于广州

不是心灵鸡汤的鸡汤

所有的浪漫故事都是建立在彼此真诚的信任之上，当然，作为自然界中的高级灵长类动物对待身边的环境、事物、情绪等都要比别的动物敏感很多，如果我们处在一个沙文主义时代，用思维方式支配着我们的言论将是另外一个结果，于是，空洞的想象、抽象的思维方式、如痴如醉的幻想以及对未来的憧憬……

从开始没有预料到未来的结果，或者是压根儿就没去想太多，跟随着自己原本的思维惯性漫无目的地进行着，猛然间地回头一望仿佛瞬间从迷惑中觉醒过来，但时间的推移和岁月的流逝不会因为个人觉醒而丝毫改变结果，这就是命运过程的基本法则！

按照弗洛伊德的学说人在孤独时往往是最健康的，当然也是渴求欲望最大的，其中，满足基本生活需要的金钱、食物、衣服、住所等，当这些在不经意间巧妙地组合在一起时，奇怪的现象就会发生了。寻求精神上的同伴，向别人甚至无关自己的陌生人倾诉，躺在床上呆呆地发愣的同时也在幻想着什么事情突然从天而降，

不是吗？因为，所有的一切都是自然界按照原本的自然道理顺序安排好的，你不能改变自己的行程，不能改变自己所处的环境，你只能改变自己的精神状态。

在一个无穷的宇宙空间里其实每个人都是孤独者，也都是孑身一人的旅行者，不过是行程的距离长短而已，当我们面对一次次不愉快和令人沮丧的事情时，肌肉在一定的空间里不会有任何的变化，生理机能也许会有微妙的不同，但决定着我们是否能走出去或者是原地不动的，乃是我们的精神调节作用，于是，我们学会了沉默，学会了喋喋不休，学会了在别人面前高深地掩饰。

从来就没有一个悲剧是无缘无端发生的，起因和必然的因果关系都在影响着我们身体的每一个部位，我们永远不能做精神上的主导者，当一切都成为泛滥成灾时，已经完全失去了自己独有的特立个性，于是乎，我们又学会了发泄，学会了在不适宜的情况下与陌生人男欢女爱，学会了憎恨别人以满足自己内心的空虚，学会了打击别人用以补偿自己内心的自卑。

——2016 年 7 月 27 日写于湖北黄州

风逝的乡情

众里寻他千百度，蓦然回首，却在阑珊处。是对乡情的留恋还是对乡情的回忆，是走出家乡对理想追求未能实现的空额悲叹还是东临碣石，留下的人生遗憾？是大江东去浪淘尽的风流？还是岁月的侵蚀执手彼此守望的泪眼莲莲？我没有刻意地去追忆往事，也没有忘记那一段刻骨铭心的孤独，此时此刻，历史淹没在滚滚红尘之中，竟无言独上西楼，心随寒风去……

年少不知愁，闲来酬谷酒，我待春宵一刻时，柳絮飞舞在扬州。少年的豪情壮志，情窦初开的风情任凭风雨交加的肆虐，梦想的翅膀依然自由翱翔。可曾依稀可见，茅草屋下昏暗的油灯，冰冷的桌子继续着圣贤书的苦读。此情可待成追忆，只是当时已惘然，悔恨过的是沉默的凄凉，后悔的是没有筋疲力尽的再度发愤图强。

广袤无垠的家乡，一马平川的黄土地，有着大海一样的胸怀和宽广，我没有情洒脚下的肥沃土地，在汲取用之不尽的养分，踏着父辈们走过的小路，怀揣着世界的梦想，一直奔向远方……

巍巍的青山，清澈见底的小溪，在天地间有着知音的相伴，于是，青山不再孤独！绿水不再孤单！船在水中行，人在岸边走，有过多少人不过匆匆一别？有过多少人虽然穿梭绿色海洋不过是短暂的过客？桃花深水三千尺，不及汪伦送我情，如此的款款深情，如此的依依惜别，不是高山流水相依的唯一，也不是世间过客的独门行者，我眼看着远方，我静静地伫立，我默默地守望，漫山遍野的青绿色可否是我容身的温床？清风明月照我影，古琴残破浪迹僧。因为没有唯美，才惊叹艳丽的绝世无双！

在没有沉沦的青年时代，向往着一份平静，思念着一段感天地泣鬼神的恋情，憧憬着一个美妙的无忧无虑的童话世界……薄雾冥冥，尘埃暮暮楚天阔，一杯清茶的娓娓诉说，一支动人心弦的春江花月夜，一缕香烟的袅袅升起，就这样，也是这样，你我携手同行，残阳如血，黄昏恋情都在美丽的过去，因为过去的风景，因为过去的同行，让时间定格在这一刹那间，用幸福的泪水滋润着欢乐，用过往的云烟包裹着我们瘦弱的身躯，用阳光温暖着我们不再有的冰冷世界。

江东去，山河依旧，淹灭尘埃，不再复求，回眸一笑，可在阑珊处？

——2016 年 2 月 23 日写于皖北之细阳

心仪银杏叶

也许你就在前方
也许你就在远方
也许你已经悄悄地走了
也许你就在身旁
多少往事随风而去
多少回忆随风飘荡
而今，你已经落下绿色的帷幕
现在，你已逐渐成熟走向金黄

——写于桂林旅途中

秋　菊

秋落红叶欲滴泪
天寒残月繁星稀
鸿雁传书书未到
几多愁思高楼倚
去年秋桐在屋后
相约落日遥无期
落日残阳金菊开
阳关归程又别离
枯叶独怜无怨恨
来年三春化污泥
悲秋寻遍无人伴
梦断暮色待知己
欲把秋色咏诗篇
怎奈情落炊烟起
呜啼霜满枫树林
我心已似西江水
难得一日弃百愁
……

—— 2017 年 11 月 19 日写于吉山寓所

惜别秋天

两天紧凑而又紧张的行程在匆匆忙忙中即将结束，武汉的天气很冷，今天的风也很大，深深感受到不是秋天的凉意，而且是接近冬天的冷……

武大校园。古老苍劲的古树下的枫叶，在瑟瑟秋风中不情愿地褪去了昔日的华丽装束，在一片孤独寂寞中忍耐着寂寥的沉默……

我不爱秋天，不是因为秋天的伤感，亦不是秋天给我带来淡淡的伤感，只因为秋天在蓝天白云下簌簌的落叶，在微风中随处飘零，此时此刻我心已经极度悲凉……

带着回忆的行囊，无疑中打开尘封的记忆，多少次就是在这样的火车站，历经了分分合合和聚时的不情愿散去。我不悲秋，也不赏秋，只是在秋天想起更多的往事。在往事中独自品味着一个又一个不一样的秋天……

我本北方人，没有南国的委婉浓艳，随意中看到一枚秋叶的落下，不曾感动的我泪水倾然而下，在漫漫红尘中自然重复着你我熟悉的一首情歌……

清晨，我在薄雾冥冥中期待着朝霞，晶莹剔透的露珠停留在树叶的尖尖之上，尽管没有人注意它的存在，尽管它存留的时间特别短暂，但它依然固执地每天清晨继续等待着东方的第一缕阳光。

希望、光亮、惜别、回味再一次让我忧郁断肠……

——2017 年 11 月 18 日写于旅行途中

人 在 天 涯

再游桃花涧

桃花涧水二里长
不见桃花人茫茫
去年来时桃花艳
如今花瓣为情殇

——于白云山桃花涧

千年瑶寨

南岗瑶寨历史悠久，可靠准确历史起源尚不清楚，需进一步考察。但至少起源于宋代，延续至今，有一千多年历史。据史料记载，连南南岗（包括其他八排瑶族）的祖先被认为是秦汉时期"长沙武陵蛮"的一部分，瑶族最早居住于洞庭湖以北，后来，因为战乱和受歧视而逐渐向湘粤桂三省边境处迁移，隋唐、宋朝时期，瑶族分多路逐渐向广东省内迁移，而明朝为最盛。连南八排的瑶族据说是经过湖南道州、江华等地而迁来的。

据专家考证，南岗是全国乃至全世界规模最大、最古老、最有特色的瑶寨。现居住在山寨的瑶民，主要有邓、唐、盘、房四个氏族。他们在明代时就建立了民主选举的"瑶老制"，并形成了神圣而严厉的"习惯法"，严格管理山寨。现古寨只保留了200余人和368幢明清时期的古宅及寨门、寨墙、石板道等。

瑶族一般都世居深山，"岭南无山不有瑶"，这是为了躲避长期以来的封建统治者的民族迫害和民族歧视，况且，瑶族一般住在半山腰，易守难攻。

水墨江南烟雨梦（旅途有感）

清明时节的早晨，漫步在水乡的青石板上，街道上行人寥寥无几且悠闲自在，灰蒙蒙的天空飘起了蒙蒙的江南烟雨，江南细雨飘零洒洒地降落地上，滋润了万物也滋养了一方水土，牛毛般的细雨丝轻轻地洒落下来，打湿了姑娘的秀发，淋湿了叠伞。

就这样雨丝静静地飘落在河面上荡漾起涟漪，在这个潮湿的季节里让我不仅感到一丝丝的故乡伤感……

雨丝飘在小桥上、屋顶上，那细细的雨丝一行行就是诗人笔下书写江南的抒情诗，那蒙蒙雨丝下的小桥流水，粉墙黛瓦就是画家笔下描绘江南的水墨画，雨丝洒向河水，河水腼腆的脸上露出羞涩的笑意；雨丝洒向小桥，小桥老态龙钟的身躯挺直了腰板。

走在幽深的小巷中的那位结着愁怨的美丽姑娘，也许是毛毛细雨给她带来的淡淡伤怀，也许因为她的等待遥遥无期而永远地化作希望，也许她就是生命中注定的一个没有结果的缘分……来不及细细品尝爱情的相思之苦就随同秋天的花瓣悄然落下。

她轻快地走在斑驳的青石板路上，左顾右盼的眼神可否回头一笑的钟情？细碎的脚步溅起朵朵水花也蕴藏着满腔的心事，青花旗袍映在雨丝中，幻化成似水流年中的那位走过历史风尘的绝色女子，头上顶着的那把油纸伞飘摇在雨丝中，将你的惆怅满怀、你的孤独失意一并撒向天外……

在眺望中凝思，期盼着在这蒙蒙的江南烟雨中，走过这条小巷，就在那个小石桥上迎来千年等一回的终生美丽瞬间，你将邂逅一位青衣蓝衫的梦中情人，那一刹那间相撞的目光中写满钟情，写满爱恋更流下了相思之泪，如果说江南水乡是一幅精妙绝伦的水墨画，那么你就是水墨画中重重的浓彩一笔，说不尽的江南烟雨，写不尽的江南风情……

　　　　　　　　　　　　　　——2016 年 4 月 4 日写于赣州旅途中

月下赋别

　　君若扬尘路，我待清月中，今宵何年何月复，情归驿站中，爱之切，情深深，明珠垂泪到天明，无情何似却有情，自君流水已无穷。

　　我本落花无情物，朱门雕花楼台红，相思知，君可知，千千结难结，灞桥等伊人，细柳不知荷花开，怎奈已是中秋节，司马一曲凤求凰，文君椅窗到深夜，是可知？可知否？我思明月不怨月，何时节？

　　惆怅在心头，相思了无望，细雨蒙蒙花折伞，一段尘缘，纵有李白千百诗，深闺九曲不曾见，何来姻缘？

　　春梦了无痕，幔帐裹丽人，秋雁两行江上过，泪洒古道尘，西江水，日夜流，人间别离苦，牡丹花下未曾笑，瘦影秋水照。

　　我叹十里情，分居而终老，相逢梦中如昙花，增城妃子笑。

——丁酉年中秋，写于番禺洛溪

清夜吟

卧床多日两鬓华

独对明月透窗纱

夏日酷暑难忍耐

南柯一梦是朝霞

凡间之事多思量

浮山若梦到天涯

少年游荡不知归

秋风落叶随处家

恍如青丝已成雪

追忆惘然成悲髪

南阳许攸来求见

孟德赤脚到帐下

我寻知己千百度

往事残阳雨落花

曾经沧海难为水

断肠峡谷独步侠

人间若情唯一情

萧萧黄叶飘零洒

十年茫茫已过去

辞去春秋迎冬夏

初见粉黛自难忘

紫荆不是故乡花

——丁酉年大暑写于吉山寓所

带着诗歌去旅行

一个人，一个包，一场旅行就这样开始了。机场上来往的脚跟，在每一个时间段撒向各个登机的窗口，带着诗歌一起，我再一次流连在机场里，这一切好像还是昨天，从未被时间抹去。

曾听人说，北方会飘着大雪，似飘在空中的银蝶，她们应该是折过翅膀的天使，要不然怎么会显得那么美丽。是的，折过翅膀的天使，它值得拥有美丽，银蝶尚且如此，我们还有何理由停住逐梦的脚步。而今，我即将从这里出发，带着诗歌一起，一起去到白皑皑的冰雪世界，去看那浪花溅起，被晨露打湿了的蜿蜒小道。

……

——2016 年 2 月 18 日白云机场随笔

美丽的新疆！

两年前的新疆之行，今天的重新回忆，她说：新疆是她的梦中之乡，亦是她特别向往的地方，因为那里有广袤无垠的草原，有奔腾的野马，有洁白的羊群，有美丽的达坂城姑娘……今天，跟随她的镜头一同前往神秘而有魅力的新疆。——山人：歆墨

戈壁茫茫，黄沙漫漫，被风沙掩埋的千年古城，历经风雨侵蚀的沧桑，永远屹立在干涸的荒漠之上，静静地等待着……静静地凝视着……远处的狂沙飞舞，呼啸而过的寒冷北风，它依然在那里！它依然保持着原本的神态！消失的楼兰国，再也看不到美若天仙的楼兰姑娘，曾经繁华无比的国度，被无情的风沙掩埋在历史的尘封记忆中，我爱楼兰国，我更爱楼兰姑娘……

蓝天白云，戈壁荒漠，一望无际，人迹罕至，这里美得如此自然，这里美得如此安静……

肥美的草原，肥美的奶牛，辽阔无边的牧场，我们走在碧绿的草原上，迎着朝霞聆听远处传来的阵阵驼铃声，是否把你的心留住？还是让你又一次地飞翔？

神秘的喀纳斯湖，流传着多少神秘的故事，这里烟雾缭绕，如梦如幻，所有到这里游玩的人只能远处静静地观看，默默地欣赏，在忽隐忽现中你心中的喀纳斯湖又有别样的风情？

什刹海游记

今天游了北京老胡同去看了恭亲王府，遗憾的是今天不开放，说是在搞消防设施，一个拉祥子车的师傅特别热心，非要我们坐他的车去看看北京老胡同。一路的寒风，一路的谅解，一路的鼻涕，一路的瑟瑟发抖！

中午就近吃了一碗正宗的北京炸酱面和爆肚，味道谈不上鲜美但很可口，也算是品尝到了地道的北京风味，多年前在北京读书时从未想过到这里看看，也许那时一本正经苦读圣贤书，也许那时生活非常拮据，也许那时的我没有此番好奇之心，无论怎样终究是没有去这些地方……

忆往昔，那时的什刹海、后海、前海以及附近的名人故居都不在记忆里更没有今天的重现回忆，今天是北风凛冽，天寒地冻但依然冒着严寒毫不犹豫地前往，是情有所寄，还是梦里再现；是追溯往日时光，还是弥补心中之遗憾，总之，还是去了。尽管匆匆忙忙，尽管走马观花，尽管倏忽而过，尽管未留下任何痕迹，但心中之夙愿在冥冥之中已不再缺憾！

——2016 年 1 月 23 日写于什刹海

梦里江南，水墨风韵

江南如诗如画，一山一水，旖旎人家，浅墨清韵，何处飞花，碧水飘萍，沉落烟霞，水墨江南。

在泼墨山水画里，动人的不只是那诗人留下千古名篇里熙熙攘攘的秦淮河畔桨声灯影，而是那份淡雅深巷小径的宁静。

我穿行于水乡的灰墙白瓦间，不由地想起"江南水乡展旖旎，屋衍风铃声悦耳"这句诗，仿佛在一呼一吸的间隙间都充满了江南独有的气息。

置身于江南的亭台水榭，徜徉在小桥流水，垂条烟柳曳痕，走过一树一树的花开，桂花香了鼻尖，仿若薄雾轻拢纱，氤氲成一幅素雅的丹青水墨画，似风若沙，飘入空灵澄澈的梦境。睡莲呢喃，微雨湿了窗棂。曾几何时，文人墨客一袭长袖青衫，在幽径徘徊，提笔描写着风雅，着墨记载着年华。就如戴望舒《雨巷》所写的"撑着油纸伞，独自彷徨在悠长、悠长又寂寥的雨巷"。

走在小巷，围墙不高，上有苔痕斑驳，墙里人家后院，修竹森森，小径曲折回环，巷陌深深，亦加幽静，泼墨处，恰如唐人常建的"曲径通幽处，禅房花木深"。夜凉如水，月尽清寒。风将水的容颜刻画，雨落凝香，丝丝扣入心扉。幽雅迷离的江南，定格了多少留恋的目光；含蕾婉转的江南，倾泻了多少画屏般的深情古意。

江南的美，是朦胧而古朴的，是树下悠然地下棋，是花间醉然品酒，是庭中淡然品茶。绿水萦绕着白墙，红花洒落于青瓦，蜿蜒曲回的小河在清晨和夕阳中浅吟低唱。乘一叶扁舟撑一枝蒿，穿行在青山绿水中，两岸是历经风浪的斑驳和亘古柔情的飘零，一泓清水所承载的，是似水流年的痕迹和沧桑。

是谁，在绿荷苑中题词诉怀，又是谁在亭内研磨斟茶？临水画溪，一梦千寻。庭院深深深几许，花颜凋零，然，暗香盈袖。相遇江南，一曲琴音一阕词，山水一程，风雪又一更，几笔浮云梦，余霞沾染几抹乌墨。

雪月风花，轻抚琵琶，弹不断千丝岁月。月下独酌，波澜不惊，玉洁渊清。曲终，霓裳迎风舞，散尽一世风华。江南静谧，悠闲，是城市喧嚣纷扰中的一带洞天幽境，吴侬软语，江南丝竹，绘出一幅水墨江南。

寥寥几笔勾勒，便把江南的花语鸟啼、绿风清歌，遣倦过几度晚钟晨吟，在一卷漾漫江南气息的宋词里浅浅绽放，在一张萦绕江南旖旎的宣纸上缓缓流淌，水墨江南，倾尽天下。

雨中游三清山

浓雾蒙蒙三清山
我在山崖云中端
狂风暴雨非清明
山中无人疑神仙
飞瀑流下千百尺
步履蹒跚一线天
绝崖峭壁挂栈道
临风巍巍心胆寒
乌云缠绕玉带桥
雨洒怪石万点点
云中漫步神女峰
我心静虚三清观

——2016 年 4 月 3 日写于三清山

我的香格里拉

香格里拉是一个令人向往的地方，也是每一个人苦苦追求的理想所在地！她的神秘、她的魅力、她的风光自然秀丽等都在召唤着每一个人！

香格里拉，美在她的空旷苍劲，美在她的自在奔腾，美在她的古朴静谧，美在她的清新透明。

若是人间有一处春色让人流连，我想必定是香格里拉。从单调而拥挤的广州来到这里，映入眼帘的是天地间无限的空间，我的世俗带有浓郁的人间烟火气息瞬间被她美丽的风景化解，而我游荡尘世间的烦恼也刹那间消失得无影无踪。我被都市压抑着……我被交际缠绕着……我被廉价的感情纷扰着……香格里拉的纯净与干净荡涤了我充满污垢的心灵，骤然间我升华了！我回到了我的梦中世界！在这坦荡无限的碧塔海草原上策马扬鞭，芳草萋萋，牛羊成群，百花斗艳，迎面一缕缕清风不仅滋润了大地，更滋润了我干涸的心田。香格里拉，她的美丽不只是传说，也不只是在梦幻中，香格里拉的天空很蓝！蓝得那么纯粹，蓝得那么清秀，蓝得那么通透，蓝得可以让人感受心底无私天地宽的博大情怀。当我如梦境般站在这片神奇的土地时，实在不敢相信自己的眼睛。仿佛只有在梦境，才会遇见这样的旷世奇景。

一路上，梦幻般的色彩，诗意般的模样。山脚下，阳光照耀下的蓝月山谷一片金黄。峡谷中，密密麻麻的原始丛林，交相辉映，完美无瑕的组合醉了眼、倾了心。蜿蜿蜒蜒地向山里无限延伸，红的红，黄的黄，绿的绿，不知道哪里是尽头。在连绵起伏中折射出让人迷醉的金色。这是一种展示生命辉煌的色彩。在高贵的金色里，你不会看到绿色的匆忙，黄色的悲凉，红色的躁动；甚至在高贵的金色里，你会看到在香格里拉的所有领域中，人们都守着"适度"的美德。他们认为，过度和不及是罪恶的根源，只有适度是完美的。

旷野里，那一头来自远方的牦牛，它的头顶上有丝丝光斑。那样一头牦牛在草原的旷野里驻足仰望着天空，它是被黑暗中的金色所吸引吧？在它的内心，肯定会有一些难以忘怀的美好，也有一些金色里的从容与恬静。这点点光华，或许正是指引它不断前行的一盏心灯。

香格里拉的天空，据说是最接近天堂的地方，这是一种终于来到世间的尽头，或者是最终找到归宿的感觉。在这里，人的灵魂可以在深邃和蔚蓝中得到安抚。金秋时节的普达措，蓝天、白云、牦牛、雪峰、寺庙、白塔、经幡、村落等绝世风光环绕其间，映衬着许多大大小小的草甸，静谧的湖水汇聚成无数海子，碧塔海、属都湖把这里装点成灵动的银铸之天、玉雕之地。

冬意正浓，海子如诗。碧塔海，湖水常年清澈碧绿，像一颗镶嵌在深山密林中的绿松石。她像一位妩媚的少女，她的温柔和美丽，倾倒了无数的追求者，彩色的原始森林怀抱着她，清澈的水面，在阳光的抚摸下，闪闪煜煜。荡舟于湖中，静观湖水，能看清十几米以下的水底，成群结队的重唇鱼在水中嬉戏畅游，甚至连鱼身上的花纹都能看得清清楚楚。心中有多少想象，湖中就有多少幻象。高山临湖、湖映山影，山光水色融为一体，于是便有"半湖青山半湖水"的绝句来赞美这种独具神韵的自然美。美得让我不知身处何处，天上或是人间？我想人人心中都有一个属于自己的香格里拉。

——2016 年 2 月 5 日写于香格里拉

又一次踏上新的旅行！

千年榕树下，悠悠漳州情！在福建短短的 6 天旅行即将结束，旅行的时间不算很长但给我留下的是闽南的风情，是热情好客的闽南人民……

奔腾不息的九龙江，具有闽南风情的石码镇，清凉一夏的紫云山公园，历经沧桑的客家土楼，美丽邂逅的云水谣……如今将要离开，我轻轻地回头一瞥，那人、那山、那土楼依然还在梦幻中……

美丽的福建，美丽的闽南，美丽的漳州，我怎能忍心跟你说声再见！

就这样，也只能这样重新踏上旅途，心已留此，虽然已经向往远方……

乡村之美——大圆村

今天终于来到了梦回千绕的地方：绥宁县关峡乡大园村，电影《那山那人那狗》的拍摄外景基地，同时，也是湖南卫视（"爸爸去哪儿"）的拍摄地。

《那山那人那狗》是 1999 年拍摄的一部故事片，这是一部关乎美的电影，是自然的美，更是人性的美。平铺直叙的故事，精致的细节，美丽的自然乡村，魅力无限的湘西苗族村落，跌宕起伏一片绿色的稻田，构成了一幅幅天然的美丽画卷。

电影折射出的不仅是美丽的风景，苗族的人情冷暖，整部电影中的对白很少或者接近沉默状态，导演巧妙地运用人物、吊脚楼、幽深的小巷、静坐门口的老人以及微风起伏的层层稻田……不由得让人在感觉美，同时也是感受最美。

乡村的美不是现代人欣赏的那种美，是恬静中默默地注视，是青石板走过的沉淀之美，是不受外人轻易打扰的世外桃源唯美。我背着包轻轻地走在乡村小路，聆听着树林里鸟儿的欢叫，迎面的山风吹来透着一丝丝的凉意……醉了山村也醉了欣赏风景的人。

潺潺的溪水流经木楼，流过山谷，流过我的心田……回头一瞥：美丽的大圆村，我梦想的青山绿水之乡，真挚而又质朴的苗家人。我将记住，永远流淌在我的心海。

——2016 年 8 月 9 日写于绥宁大园古苗寨

独自去旅行

旅行真正的快乐不在于目的地而在于它的过程——三毛题记。

我喜欢一个人漫无目的地自由飘荡，也许这就是心里萌发的原始的冲动或者就是旅行。有人说旅行仅仅是一个过程，没有规划好的线路，没有目的地的终点，没有自我思想游动的停止节点，其实，一个人的旅行常常是在百无聊赖中的内心对白，当列车呼啸而过时带走的不仅仅是出发时的惆怅，更是对远方的遐想……

曾几何时在孤独旅行中寻求一个知音漫客，曾几何时走过的一个个陌生的城市没有留下任何的记忆，在品尝自己的孤立中希望得到一丝丝的怜悯和同情，我承认自己不是坚强的人，面对大海多半是静静地伫立在那里一动不动，仿佛是一座久远的雕像，没有眼神的目光一直凝望着远方……

独自行走在薄雾笼罩的丛林，高低起伏的山峰映入眼帘的不是郁郁葱葱的绿色世界，孤独的行者在内心苍凉时谁人又能知道他心中的苍白？正如一首歌唱道：也许爱情就在仓山洱海旁，我在那里依然静静地等待……洱海的水如此湛蓝、如此清澈，透明的世界里仿佛净化了我原本一颗污垢的心灵。

一根登山杖，一个登山包，一双登山鞋，跟随着阳光去自己不知道的地方，在没有方向指引时的路程，是那样的自由自在，是那样的心底安详，就这样我继续着自己的旅行，走过黄土高原，走过奔腾咆哮的雅鲁藏布江，走过神秘的可可西里，走过七彩云南的美丽边疆，我终于停下脚步，来到了消失的地平线，寻找心中的香格里拉，寻找梦里的香巴拉，憔悴疲惫不堪的我，蓬头垢面疲惫的我，是否还能找回冬日的一米阳光？

我戴上耳机跟随着节拍，跳跃在洁净的普达措的草甸上，在翠绿的月亮湖边，我虔诚地弯下腰掬水而深情地抬头向往，那里不是我美丽的家乡，那里不是我梦中的乐园，那里不是我梦回千绕的伊甸园，那里也许把我的快乐永远深藏。

我爱秋天的枫叶，在秋风中瑟瑟发抖、曼舞飘落的是对爱的眷恋还是失去的感伤？我轻轻地踏着石头台阶，一步步地慢慢地向上爬，忽略了树林中的鸟鸣，忽略了身旁不经意间悄悄落下的南国相思之豆……情感是孤独的，伴随着的也是忧伤的，旅行中的孤独往往在极度痛苦中不知不觉间已经遗忘……

列车呼啸而过的瞬间，在突然间感到大地一片的苍茫，风起云涌的沙漠风暴，悄无声息的戈壁滩，还有那一片片永远屹立不倒的胡杨林，一切的一切都急剧地交织在一起，我似乎也失去了旅行的方向……

我喜欢独自旅行，因为旅行的路上有你的相依相伴；我喜欢独自旅行，因为有众多陌生而又亲切的伙伴；我喜欢独自旅行，因为旅行的路上有你的歌声，有你的期待，更有你静静的等待……

——2016 年 5 月 26 日写于广州

丽江风景

丽江风景之五听涛湖：丽江古城短短的两天游玩虽然时间短暂但让我印象深刻！说不尽的山山水水……道不完的处处风景，当然，也有本地人的热情与豪放……跟多年前来的感觉很不一样。尽管意犹未尽，尽管美丽的丽江让我流连忘返，尽管此刻的我已对丽江的美深深地陶醉，尽管丽江的夜晚是那样的风情浪漫，这一切的一切都将留在我的心底。永远的记忆是对往事的回忆，而丽江也将是我美丽的记忆且永远停留的客栈！

暂时的离开是为了将来的再聚！丽江古城是梦幻，也是第一次让我沉醉的小镇。

再见了！丽江古城！明天就要去久远的梦中童话——香格里拉！

——2016 年 2 月 4 日写于丽江古城

我俩一起去旅行

人生仿佛就是一场旅行

尽管我们不在乎沿途的风景

你寻找逝去的青春

我追寻着我的爱情

背起行囊于是

开始了我俩的旅行

你说已经没有了久违的激情

沉默许久的是再次感动

丢下所有的疲惫和理想

只是为了换一个心情

我默默地望着玉龙雪山

等待着是千年之恋的冲动

假如你也在双廊

可否共度美丽的一生

平遥是我的情怀

斑驳的墙壁还有那暗淡的红灯

你游走在宽阔的城墙

我独自欣赏着风景

就这样任凭火车的摇晃

早已忘记了走走停停

烟雨江南的石板桥

烟雨朦胧

我不再惋惜

流转的时光放飞的心灵

我们缠绵在美丽的青岛

凝视着远方和洒落的星星

你说你是大海的女儿

喜欢沙滩退潮时的安静

我们来到了西岛

椰树下轻轻地聆听

刹那间你似乎沉稳了

掩饰不住的是灵魂与肉体的狰狞

我把我的梦装在行囊中

开始了一个人的旅行

寻找着自己的地平线

双手合十我心虔诚

唯有花开才有未来

凋谢的是我的记忆和爱的永恒

青山依旧在

与谁笑谈中

一人独坐乌篷船

淡然一笑浊酒空

——2017 年 7 月 26 日凌晨写于吉山寓所

街头流浪歌手

广州的街头，有这样一群年轻人——怀抱吉他或笛子，或演奏，或伴唱，他们用发自内心的音乐打动着无数过往行人。嘈杂的街头听到这样一曲优美的乐声，很多人都会萌生一丝怅然与释怀。这个群体的存在，正慢慢成为广州一道别样的人文风景。

也许他们并非真的以歌唱为生，也许是他们的业余爱好，是在工作之余放松的一种方式。在骨感的现实面前又有多少的心酸和无奈，只能化作自己的歌声慢慢地释怀心中的苦闷……

巨大的城市熙熙攘攘的人群接踵摩肩，没有人理会别人的烦恼，没有人关注你的存在，更没有人在乎你在这个城市是否存在，然而，你依然存在着，依然活着，依然奋斗着……

在一天忙碌中走过匆匆的脚步，在压抑中一次次感到只有自己才能体会到的孤独和凄凉，既然保留着心中的梦想，既然继续追逐着自己的目标，在稀少的欢乐中忍耐着，勉强着，维持着，继续着，奋斗着，努力着，这就是城市孤独人特有的一种释怀……

在瑟瑟的秋风中她的一双眼睛凝视着前方，指缝间流淌出的音乐感受着别人同时也在感受着自己，也许这就是人生，也许当我们的脚步稍做停留时，那不是固体的家而是匆匆的驿站。

灰色的高楼大厦，平台宽敞的马路，静静地等待着每天路过的行人，遥望黑色的天空是那样的深不可测，你，我，他都将化作一粒粒尘埃消失在黑夜的苍穹。

——2015 年 11 月 3 日写于东圃

游 黄 山

自古黄山云成海

十有八九雾中来

梦笔生花又奈何

传说美景何复在

一路迷雾烟笼罩

松下猴子可观月

难识黄山真面目

人间仙境在五岳

————2017 年 5 月 5 日写于黄山排云楼

徽州文化之旅：大美黄山！

人间仙境，天堂生灵，大美黄山，唯我独行，四季黄山，颜色分明，春之莺歌，仲夏冰清，秋韵枫叶，冬之雾凇，云雾缭绕，一如仙境，怪石嶙峋，竹叶葱茏，林荫小道，如梭穿行，老少皆宜，热情笑迎，山泉甘洌，黄山毛峰，品味再三，实属上乘，茗茶之首，谁与争锋，百转千回，自成一峰，梦笔生花，双狮呼应，西海峡谷，阵阵凉风，回音壁上，声如洪钟，佛光再现，福祉苍生，八百河山，庄丽无穷，自古徽州，人杰地灵，非耕即读，官运亨通。

————2017 年 5 月 5 日写于黄山丹霞峰

徽州，叠加的记忆！

徽州是宣纸上描绘出的一幅美丽的画卷，江南的小雨清淡了粉黛白墙，清淡了青石板铺满的小巷，清淡了浓妆艳抹的徽州女人，清淡了历史赋予的百年沧桑。

轻轻地走在幽幽的小巷内。由远而近传来的古琴声，绕过一簇簇马头墙，粉饰了多少自古伤别离的哀怨？古宅、小巷、黛瓦、古树交织并绘制出一副绝美的水墨丹青。

我驻足在一扇扇古老的木门前，沉默良久的是不忍打扰这份少有的宁静，一瞬间忘记自我的存在，仿佛也是古老徽州的一员。遗憾的是我不是，我只是匆匆流浪的过客，没有留下任何的记忆，跟随着脚步继续行走的旅行苦者。

傍晚时分，太阳褪去了它火热的一面。一个人静静地坐在老宅的走廊上，泡一杯纯正的黄山毛峰，慢慢地品位着，慢慢地欣赏着，玻璃杯中的茶叶在水中上下翻滚，起落沉浮，人生何尝不是如此！

我一直在游荡中渴望得到什么？我一直在奔忙中希望得到什么？我一直在勤奋中渴求得到什么？困扰的是我烦躁不安的内心骚动，迷惑的是我从未有过的安身立命，彷徨的是我左右摇摆对一切都充满着未知……

带着梦想，带着追求，带着从未有过的体验，来到了徽州，身心疲惫的我在凝滞过后的理智，终于在这里找到了满意的答案。住在古宅里触摸到徽州古老文化的墨香，百年沧桑在一片细雨蒙蒙中覆盖了它往日的繁华，闪耀着与时俱进的灿烂光芒。深深的庭院隐含着诗情画意的芬芳，一汪碧水挽留的不仅仅是最美的时刻，更是古老岁月蕴含的典雅与温婉。

多情的徽州女人从来就没有失去自己存在的重要，深居简出的是传统美德的修养，相夫教子点化了江山代代人才出，在寂寞难耐的背后没有庸俗的渴望，只有默默的守望着一份终生期盼的凄美爱恋。徽州女人外表娇弱温情似水，朴实无华却承担着一切一切。

风荷细雨愁更愁，花开花落共白头，也许这就是徽州女人真实的爱情写照，也许正因为爱情的坚守和无声的期待，才是最纯真最美丽的千古绝恋！

留恋徽州，粉墙黛瓦，留恋徽州，烟雨朦胧，留恋徽州，青石板上刻下的不仅仅是记忆，更是曲径通幽处的无限眷恋……

徽州是一本书，更是一首粉艳宋词；徽州是一杯茶，更是对人生最完美的诠释；徽州是一副水墨丹青，更是轻描淡写永远都描绘不完的壮丽画卷。

——2017 年 5 月 4 日写于黄山汤口镇

徽州文化之旅：梦幻西递！

今天来到了西递，天空一直弥漫着蒙蒙细雨，江南的小雨不仅仅是一种风情更是让人多愁善感的情归季节，远远望去雾蒙下的粉黛白墙笼罩在雾气腾腾之中，毫无半点修饰的是天然去雕饰的美，烟雨翠雾，水墨灵动，不仅勾起我一片深深的相思之愁……

西递古村此时没有往日游人的喧闹，在原本应该的宁静中透露着静谧和完全放下的安心，窗外淅沥沥的小雨牵动着我的思绪，让我在现实中寻找到属于自己的一份安然，细雨飘舞，漫天的情愫此刻让我在短暂的孤独中逐渐沉寂下来，曾经动荡不安的我终于找到了心灵停泊的地方——西递。

雨丝沾衣，斗笠相伴，三生三世换的难道就是千年的回眸一瞥？我在桃花的尽头等待着你的到来，是命中注定缘分的继续还是一生一世的桃花偶遇？江南碧波里你依然那样清纯，依然那样洁白无瑕，雨打芭蕉心欲碎，南雁不知何时归……情尽之处除了对你的相思之苦还能有什么？

雨水顺着脸颊不停地流淌，雨还在一直下个不停，在回味中我不由得停下了脚步，来到你我曾经海誓山盟的地方，那时的你身披红纱，青涩的脸庞只是嫣然一笑，在青梅果树下徜徉着你的欢乐时光……如今，往事如烟，不愿回味的是你我心中的愁尽年华，更是人去楼空的无尽惆怅……

西递，梦回千绕的地方……

西递，流浪停泊的地方……

——2017 年 5 月 4 日写于黟县西递

游桃花坞

桃花坞里桃花香
佳人青黛扮霓裳
原本不是开花季
争春斗艳为哪桩
三月桃花不流泪
只待黄昏洒夕阳

——丁酉年.孟春写于上坪桃花坞

写在除夕

又是一年爆竹声
老衲依然孤独僧
先生弟子尽散去
风摆摇曳青铜钟
华灯初上孑然身
地上孤苦一身影
南粤少有寒风袭
如今刺骨凛冽风
昔日书院多纷扰
寒蝉凄切到天明
麻油灯下问太白
桃花坞口睡梦中
夜半信步荷花池
相识牡丹在花丛
秋雁飞过两行泪
遥寄双亲不老松
回望故土难别离
而今已是白头翁
每逢佳节倍思亲
北国风雪雨正浓

——2016年2月写于吉山寓所

初饮湘江水，浪漫长沙情

"才饮长沙水，又食武昌鱼"。恐怕没有人不知道这一句经典出自毛主席的《水调歌头·游泳》，但很多人可能并不知道长沙水的来历，有民谣曰："常德德山山有德，长沙沙水水无沙"，这里的沙水也是指长沙水。

来长沙短短的几天给我留下的印象深刻而又深远，按理说长沙我几乎是常来常往，但这次来长沙非同于任何一次，也许没有仔细地观察这个城市，也许长期以来对长沙多少存在的偏见，也许没有真正地去了解长沙，总之，在一片雾蒙蒙中，在一片似懂非懂之中，在一片想亲近却不敢走进的犹豫之中……这也许就是长沙的魅力所在！这也许就是长沙的迷人所在！

一座并非完全传说中的历史古城，无论它的建筑还是它的大街小巷，无不充满着历史的沧桑，历代的战火一遍又一遍地洗礼着这个城市，在艰难中一次次地崛起，在一片废墟中一次次地重建家园，坚韧不拔，不屈不挠，顽强奋斗这也许就是长沙精神，岁月的侵蚀并没有让古老的长沙苍老，相反更让这个城市焕发出具有强烈时代感的文化名城。

从千年学府岳麓书院的古朴典雅到金橘黄橙的橘子洲头，无不充满着红色记忆。传统文化与现代时尚天衣无缝的结合，这就是长沙，这就是现代的长沙。

长沙的包容是所有城市不能相比的，长沙人的热情和火辣既透露着南方人的精明，同时也兼备着北方人的豪爽，长沙妹子的美丽天下人皆知，如同一汪秋水使得伊人不消瘦，我喜欢长沙，更喜欢长沙妹子，热情好客中有节有度，落落大方中又含情脉脉，款款而行中回眸一瞥不由得让人流连忘返，余音缭绕……

有人说长沙是一座娱乐之都，其实，这就是长沙人对美好生活热爱的重要体现，有人说长沙是一座颓废之城，这是因为你没有真正了解长沙，有人说长沙是一座专门打造明星的地方，这不更证明长沙人有着强烈的积极生活的美好愿望吗？

长沙！一座永远年轻的城市！

长沙！一座传统文化与现代时尚碰撞交织的城市！

长沙！一座让人永远都看不明白且魅力无限的城市！

如果你爱她，就把她送到长沙去，因为那里有她的明星梦！

如果你恨他，就把他送到长沙去，因为那里是梦醒的地方！

——2016 年 12 月 10 日写于长沙

长 沙 行

枫叶千枝复万枝
江桥掩映暮帆迟
忆君心似西江水
日夜东流无歇时
今日公差去长沙
南望花城不是家
昨日春江花月夜
潇湘溪苑冬梅花

——丙申年，冬写于广州

银 杏 黄

等闲日月任西东
不管风霜着鬓蓬
满地淡黄银杏叶
只缘身在秋风中

——拍摄于桂林海洋乡的银杏丛林

如果，你也在厦门

如果，你也在厦门……
去年一个不经意间的邂逅
有了后来的故事
走过大理，走过三亚，一路走到厦门
我们漫步在月光岛
倾听着海潮
金色的沙滩掩埋着你的双脚
海风轻轻地吹着
你凝视着远方
深情相拥露出甜美的微笑
你说你喜欢大海的平静
害怕狂风暴雨，汹涌波涛
那一晚你没有入睡
洁白的罗莎裙，顺滑落细腰
远处忽明忽暗的灯塔
你的娇喘夹杂着海风的呼啸
梦幻的一夜
美轮美奂的良宵
爱的陶醉不只是骄傲
如果，你也在厦门
是否此时此刻
梦回鼓浪屿
悠悠的琴声再次滑过
如果，你也在厦门
就在那里等我
洁白的罗莎裙，甜甜的酒窝
默默雨中等着你
那块礁石浅浅的脚窝
如果，你也在厦门
浪花，笑声，燃起的篝火
如果，你也在厦门
就在那里等我

——2016 年 8 月 11 日写于前往厦门旅途中

宏村之南湖

一如宏村那已蔓生野草的屋檐，仅存八分记忆的宏村美得更迷离，绣出一段江南烟雨中从雨巷飘过的丁香花的曼妙身姿，沁醉了我早已干涸的心田。

拂晓的宏村山雾织出一袭长裙，裹着这山间侧卧的美人，晌午的阳光穿过天窗烤炙着堂屋被浸染百年风雨的青板石，缝间的青苔一意盎然着百年红尘里积蓄的生机；垂暮的宏村多了几分醉意，微醺的肌肤贴着青黄色的摇椅，晃悠过了明时明月清时光。

……

入夜的宏村，高挂起皎月洒下的银辉，顺着沧桑的无烟滚过，在檐角刮起了垂帘，垂帘后应驻足过不少躲雨的情侣吧，他们还会拭去对方脸上滑过的雨水吗？

宏村甚美，怎奈我描绘不出你真实的绝美风情！半堤香草清愁起。

清晨，一缕阳光均匀地撒在树叶上，晶莹透亮的露珠没有了原本的湿润，没有了原本的光滑，却蒙上了一层略带忧伤的思绪……我不曾感叹人生中的失落和以往的往事，在回忆中我渐渐地在淡忘中学会了遗忘，也学会了自然而然地放弃。

秋天已经过去，寒冷的冬季再一次唱起冬日恋歌，美妙的歌声不是压抑心底的释怀，不是久违的放松心情的自由自在，也许这些就是我的清愁，也许这些就是我沉寂许久的性格释然。

我喜欢徜徉在青山绿水之间，在时间流淌的不知不觉中度过春夏秋冬，不会因为四季的轮回而伤感，不会因为夏天的延长而感到烦躁不安，当生命涂上艳丽的色彩时，在希望和失望中常常忽略了过程的乐趣以及自我真实的感受，此乃天地之宽阔，我辈岂能明尘事？

漫步在白墙灰瓦的江南水乡，悠扬的竹笛一次次的响起，是一种无名的忧伤倾诉？还是对远方充满未知的眷恋？还是漂泊已久微风吹来的淡淡乡愁？江南水乡的画面是如此的干净，如此的一尘不染，如此的安静，如此的平静，蒙蒙细雨中没有花折伞雨滴也就成了一缕剪不断理还乱的相思之苦。

在那里，也是在那里，梦幻的童年如同镶嵌的灰白色，寻找金色的年华能否再一次唤醒我的梦里新娘？失魂落魄的我，呆若木鸡地久久伫立在小溪边，岸边的杨柳依依惜别，却带不走我的青涩之酸楚，你的明日，我的明天，纵然是忘情的放纵，何惧你我天涯的相隔千里！

早知相思苦，何必苦相思！

——2016 年 4 月 17 日写于吉山寓所

寻找大理的风花雪月

大理，一个千年古城依然焕发着她独有的青春魅力，走进大理仿佛进入时空的隧道，穿越了千年的历史在没有还原的青石板的街道上，继续演绎着一幕幕荡气回肠的爱恋故事，也许这就是大理的风花雪月……

我是行者，更是俗人，第一次走进大理在不知不觉间感受到了她的风情和温情，古老的街道，狭长的小巷伴随着听不懂的吆喝声，组成了一幅原始古朴的美丽画卷，我陶醉在意外的天堂，我沉醉在世外桃源般的安静，在苍山下我可以自由自在地张开心灵的翅膀，自由地飞向……

苍山洱海，一望无际的湛蓝，海天一色映衬下的孤岛，在朦胧云雾缭绕中忽隐忽现的山包，迷离恍惚的一叶扁舟，岸边的垂柳等，都是洱海边的美丽诗篇。

大理，我在寻求着什么？我在等待着什么？我在渴望着什么？倏忽一现的梦中情人？匆匆忙忙的美丽过客？还是千年等一回的绝唱恋歌？我静静地坐在洱海旁倾听着水浪的声音，远处忽明忽暗的是渔家灯火还是锅庄的篝火？在没有人打扰的时间里留给自己更多的是无限的遐想，同时，也给自己留下一丝淡淡的乡愁……

我喜欢大理，因为她的纯净；我喜欢大理，因为她的宁静；我喜欢大理，因为她是我梦中的地方。虽然有着写不尽的文章，读不完的诗歌，大理依然是大理。她没有因此而改变，她没有因此被污染，我爱大理，还因为她的执着和坚定的信念。

大理是婉约含蓄的，犹如含苞待放的处子在悄悄地注视着一切，她没有现代都市的繁华，也没有宽阔的马路和高耸云端的高楼大厦，她很简单，她很朴实，朴实地让你不忍心去玷污她，简单地让你不忍心去欺骗她，这就是大理。

我不过是一个匆匆而过的游客，我留恋大理的风情万种，我留恋大理的乖巧玲珑，我更留恋大理的温和和永远善意的笑容。

夜幕降临，漫步在大理的小道耳边依然回响着丽江小倩的一瞬间，是啊！就在那一瞬间，我忘记了你的脸，就在那一瞬间我忘不了你的容颜，你的美丽为我打开了心扉，尽管如此的短暂，你的情意浓浓为我带来了不可抹去的回忆，尽管是一个个片段，我没有更好的笔墨去勾画大理，我没有美妙的歌声来把你永远地传唱，我有的只是一颗虔诚的心，对你永远的梦里守望……

大理！大理！我旅行中的乐园，大理！大理！我的梦里故乡。

——2016 年 6 月 4 日写于广州

游北京鸟巢

北京雾霾是传说
阳光明媚云朵朵
流光溢彩水立方
鸟巢巍峨势磅礴
奥运会上英姿爽
如今游人如穿梭
人人都说地铁挤
三三两两人不多
车厢温暖如春天
一路欢笑一路歌
南方游人来京城
寒风吹来缩手脚
我本留下瞬间美
怎奈双手已成坨
买下手套并口罩
明日长城见分晓

——2016 年 1 月 22 日写于北京昌平

黄河壶口瀑布

黄河之水天上来

翻江倒海壶口塞

青石林立天兵降

万马奔腾石门开

飞雾四溅冲九霄

浊浪排空震耳衰

海天一色卷泥沙

惊涛拍岸疑沧海

未到壶口两三里

乌云密布稀明月

九曲黄河万里沙

人生苦短发如雪

千年壶口千年河

壮志凌云真如铁

岁月峥嵘忆当年

激情万丈李太白

——2016 年 8 月 3 日写于黄河壶口瀑布

丽江古城游

千年古城是丽江
小桥流水门庭当
青石板路坑凹洼
历经风雨是沧桑
昔日马队跟前过
阿妹翘首期盼郎
翻山越岭金沙江
荒无人烟去羌塘
来回一年多半载
柳笛声声诉衷肠
如今马帮不复再
只留两岸咖啡香
艳遇国度在古道
谁人知晓负心郎
我心寄往蓝月谷
四方城内彼此望
来年等到燕归时
携手同行十里廊

——2016 年 2 月 5 日写于丽江

游武陵之天子山

云蒸雾绕深锁藏

绝壁万丈两茫茫

古人叹尽华山险

不知武陵断崖墙

天子山上第一桥

不敢走近细端详

擎天一柱在南山

看似云雾一树壮

玉树临风无娇弱

枯枝落叶几沧桑

人生沉浮奈几何

迷魂台边不彷徨

青山绿水寄我情

进退维谷问苍茫

我待明日进竹林

道法自然在远方

——2016 年 4 月 30 日写于张家界之天子山

登薄刀锋

大别山上薄刀锋
万仞崎岖夺神工
英雄走过美人关
龙吟虎啸卧龙松
八百里路山和月
回看北斗是星空

——2016 年 7 月 26 日写于大别山

大 理 情

大理风光洱海情
双廊古镇婆娑影
酸甜苦辣三杯茶
白族姑娘定终生
公主阿龙今犹在
苍山悬崖看老僧

——2016 年 2 月 7 日写于大理

游桃花涧

今日来到白云山
万紫千红春满园
我欲寻觅桃花涧
怎奈桃花在天边
三清山云海
近看三清满是青
只缘身在云海中
老藤绝壁蜿蜒道
远处传来瀑布声

——写于三清山，丙申年，春

婺源美丽乡村之月亮湾

淡淡的疏离的薄烟笼罩在小镇的上空，那白墙黑瓦的简朴楼房就像未经装束的少女，婷婷窈窕立在河畔。

淡墨色的天空与一座座参差的石拱小桥晕染在一起，泛着丝丝涟漪的略有浑浊的河水轻轻荡漾着。

一只只带有忧伤的乌篷船漫无目的地漂在河面。模糊了，就像一滴墨迹渐渐渗透宣纸一样，所有的一切都在融合，变得模糊了。

只剩下满目的淡墨色。这便是江南，风姿清丽的江南水乡。

——2016 年 4 月 4 日于婺源月亮湾

云南旅行之玉溪抚仙湖

抚仙湖，国家 AAAA 级风景旅游区。是目前少有的国家一类水质（可以用手捧起来直接喝）的自然湖泊，水域面积216 平方公里，平均水深95.7 米，最深处可达100 多米，是国内第二大淡水湖。总蓄水量占云南9 大湖泊的68.6% 相当于15 个滇池（昆明湖）、6 个洱海。抚仙湖的景色之美无法用文字来描述。美太美！

玻璃万顷抚仙湖

二仙驾舟留大足

澄江一片汪洋海

影荡清风惊石鼓

海瀛岛上携恋人

夕阳西下漫沙步

文人骚客多倾倒

海天一色胜西湖

——2018 年 2 月 1 日写于玉溪抚仙湖

篁岭美景之徽州民居

篁岭隶属于婺源县，原来是安徽徽州府管辖，1937 年时蒋介石为了政治需要把婺源县划为江西省，经过原北大校长胡适等人的强烈要求，把婺源又归还给安徽，依然隶属于徽州府（现在叫黄山市）管辖，再后来又把婺源规划给江西管辖隶属于上饶市。历史的变迁和几经周折，抹不去的是徽州文化的记忆，他们的村落至今跟徽州民居一样，青砖黛瓦掩映在绿树荫下，具有江南委婉的浓浓诗意，自然绽放着青春年华。

篁岭，是悬挂在悬崖绝壁上的古村落，整个村落的建筑错落有致，在犬牙交错间连接他们的是斑驳的石头台阶，当我漫步在坑坑洼洼的台阶时，仿佛是在重新走入历史的长河，也许这里是世外桃源少有的一个安静地方，也许这里是逃避战火、祈求平安的一块福地，也许这里曾经发生过风花雪月的温情浪漫，总之，均已过去，留下来的是一栋栋古老的建筑，仿佛在诉说着它的辉煌过去……

方寸之地，沟壑纵横，在云雾缭绕间他们日出而作，日落而息，在这里繁衍着生命，也继续着他们独有的生活，所有的抱怨和愤愤不平在这里已经销声匿迹，面对交通的艰难和生活的困苦，他们依然顽强地活着，依然在困境中寻求到自己的一片快乐天地。

徽商自古是中国三大商人之一，与晋商和浙商不同的是，他们秉承着只有读书才能走出去，也只有读书才能真正意义上光宗耀祖。十年窗下无人问，一朝成名天下知。倘若求学之路不顺或者没有官运，他们才会选择远走他乡，经营茶叶或者丝绸，因此，徽商不仅以商人之最宝贵的诚信天下闻名，而且也是有着家学渊源且学识渊博的商人。他们有着商人的精明能干，也有着读书人的傲骨和清高，他们在江湖上驰骋南北，一旦荣归故里，就会拿出所有的积蓄，在家乡建起自己的豪宅，以图晚年之太平。

滚滚红尘已过去，试看今朝徽州人。徽州是徽州文化的发祥地，也是徽州文化发扬光大的践行地。辉煌的徽州记录者徽州的过去，发展的徽州见证着徽州的将来。

—— 2017 年 11 月 12 日写于婺源

启　程

我通常把自己从一个村庄
搬到另一个村庄
村庄里有旭日东升的阳光
村庄里有穿过树林的斜阳
我停下脚步四处张望
你在哪里
只有山风无声的回荡

——即日于广州南站

不一样的视角有着不一样的感官错觉。号称不夜城的南国之都夜晚来临时，五光十色，灯火辉煌，喧闹的都市迎来一天的宁静，但这座充满活力的国际化大都市依然绽放着她独有的魅力。

广州，是多少人向往自由的地方。这里有着一夜暴富的神话，这里有着不相信眼泪的冷漠，这里有着外地人内心复杂且纠结的犹豫彷徨，这里更有着霓虹灯下难以名状的痛苦……

广州，以她改革开放的博大胸怀接纳着来自五大洲四大洋的不同肤色的人们——南腔北调在这里汇集，形成了独有的广谱话。急躁焦虑是广州的节奏，亦是蓬勃发展之必要，喜欢广州是因为它的海纳百川，不喜欢广州是因为彩虹般天桥下面依然有过往的衣衫褴褛。

这里也许是你成功的起点，但绝不是寻找情感寄托的港湾！

喜欢广州？还是讨厌广州？喜欢也行，讨厌也罢，她依然在那里，她依然在那里……

古墨风韵

美 人 虞

青岛有女王晓晨
绝代佳丽豆蔻春
娉娉婷婷二八载
深坐峨眉泪湿痕
名花倾国独相欢
丹唇含羞石榴裙
两弯柳叶笼烟眉
闲情似花照伊人
泪光点点如倦怠
何须西施来效颦
纤腰玉带舞天纱
轻罗小扇点绛唇
文采精华盼神飞
疑是七女下凡尘
秀色粉黛百媚生
质傲秋霜清露纯
花开花落幽兰居
国色天香洛川神
昔日曹植多粉墨
精妙绝世只一人

——2016 年 2 月 25 日写于皖北

思乡曲

长亭外，望断楼，扶栏愁更愁，落日思中原，别离涌心头，不知春花何时了，枫叶满山荻花秋。

断人肠，漂何处，雨打芭蕉无尽头，乡音依然在，何日梦归途，麻灯孤影一居楼，泪满青衣袖。

关山月，明千里，十里长亭饮浊酒，海上天涯曾两乡，风雪夜归折杨柳，唯有相思千滴泪，不做倦客任水流。

——丁酉年大暑写于吉山寓所

无凉词

春去秋日多，沧海一声笑，空言绝踪去，寒月上眉梢，韦编三绝断，心已寂寥了，我待梦中啼为泪，淡墨风料峭。

流水零花许，红烛无一语，千里缠绵不再苦，在今宵。秦观星早二月，一叶知秋梦今朝，自难忘，不再想，一帘幽梦故乡里，听雨楼阁少年笑。

云中锦书捎，空等春未到，几多欢乐几多愁，心已惘然独吹箫，天南双飞客，劳燕分飞去，满地黄花堆如山，浮云归隐黄古道。

——丁酉年大暑写于吉山寓所

中　秋　节

每逢佳节思双亲，
如今月下只一人。
秋雁哀鸣天际过，
往年似水暮沉沉。
天涯游子何处去，
茅草屋里且安身。
遥望北国故乡花，
冷落清秋湿沾巾。
淫雨霏霏秋思语，
明月隐去显星辰。
佳节非是佳人笑，
孤帆漂流不夜心。

——丁酉年，中秋节写于吉山寓所

单　凤　栖

月明星稀阁台望
不见柴门相依旁
流水纵有潺潺声
华山绝壁独刘阳
黄尘古道西风去
昔日繁华在汴梁
一朝变故农家赋
如临高山峡谷长
春风有意断无情
人间正道是沧桑
司马门前多骆车
衣锦玉食富堂皇
人生如同四季度
何叹孤身多凄凉
莫愁天下无知己
谁人不知关云长

——丁酉年处暑写于吉山寓所

秋晨有感

树叶落时节，
昨晚一轮月。
初梦醒旅人，
世交无长约。
携手出秦关，
惆望莫相怪。
都是红尘人，
何问从哪来。
是是非非去，
纵然天地怀。

————丁酉年，深秋写于吉山寓所

秋　意

江上秋色碧云天
昨夜西风凋零寒
南粤不度十月秋
忽见白霜来岭南
大雁南飞无留意
哀歌声声愁难眠
闲来酤酒当独饮
题诗枫叶帽峰山
鸿雁传书一字了
夜寻钟声到草蓭
自古逢秋多寂寥
孤客旅思乌篷船
人若无情断红尘
江畔清月浩波烟
垓下楚歌思乡泪
潇潇暮雨荷花残

————丁酉年秋写于吉山寓所

无　题

春寒料峭风岭南
漂泊百越天地间
珠江楼台淹日月
葱茏青衣共云山

————丙申年～春于广州南站

晨　思

晨起林中云
昨梦无处寻
池边一枝秀
红椅坐等人
潮起又潮落
独自香茗饮
青竹挂晨露
素女摆罗裙
往事随风去
回味如烟云
竹笛月光下
清水伴诗音

————2016 年 7 月写于吉山寓所

秋雁一字行

冬日寒月照我心
怎奈南山稀疏林
大漠苍狼成单一
桃花坞里桃花春
有心题诗八角亭
山上山下无行人
秋雁一字南飞去
逢人渐觉疑乡音
往事如风随他去
函谷关外渡西秦
黄沙漫漫是古道
日行千里似绝尘

——2015 年 11 月 12 写于吉山寓所

赏　花

华农无花花不在
一花一叶成世界
我欲寻找花仙子
梦里花开花无奈

——2016 年 4 月 10 日于华南农业大学

无　题

空林网夕阳

寒鸟赴林祥

水中倒影女

疑是美娇娘

——2015 年 12 月 6 日写于天河公园

雨　后

花城碎雨佛红尘

寒舍杨柳青青新

空山屋后烟云罩

斗笠蓑衣不见人

海天一色万条线

昨夜花落满地银

西域行走四十载

冷落清秋寄竹林

泪眼相看一叶秋

溪边垂柳柳下阴

我待明日何其多

古桥袅袅竹笛音

——丙申年初夏—写于吉山寓所

千年瑶寨

千年瑶寨千年情

白云生处是巅峰

一山一水一世界

半山腰上醉翁亭

青石板路刻记忆

竹筒流水涓涓情

忽隐忽现独孤山

远处传来山歌声

瑶家妹子多美丽

我愿竹楼天不醒

——2016 年 1 月 2 日写于清远千年瑶寨之篝火晚会

青溪水中石

水入黄龙川，追逐青溪水。

云绕山万转，妙趣无百里。

鱼儿游乱石，小憩如山脊。

荡荡符�草，澄澄映霞苇。

我心已归去，淡雅竹林随。

请留磐石上，垂钓在故里。

——借青溪之词写于广东连南

2016 年 1 月 3 日

情尽红尘

淫雨碎梦使人愁
烟波浩渺一独舟
凌霜桂影稀疏寒
雁过两行烛泪流
去年陇上江边行
而今江村独身秋
千里之外有风雨
孤鸟三匝无处休
月落乌啼两河岸
满山杜鹃何须柳
江河不载旧恩怨
何处情眠空悲秋

——2016 年 9 月 25 日凌晨写于吉山寓所

无　　题

身处故乡思渺然
沙河夜雨落两岸
少时不知归家路
如今霜鬓已墨染
月明星稀鹊南飞
黄鹂啼鸣绕空山
逢人渐觉乡音改
我待槐荫颔首南
碧波荡漾依旧在
柳笛不闻乌篷船
落花留意已逝去
秋雁孤鸣思花前
枯树柴门闻犬吠
又见故乡升炊烟

——2017 年 4 月 29 日写于皖北

落　　叶

初春伊始多秋草

落叶满地终不扫

风吹杨柳花飞时

不见劳燕来筑巢

昨夜春雨聚又散

唯留落叶寄思多

凤辇已乘清风去

片片枫叶化泥藻

此情此景为何物

千叶红飞丛中笑

　　　　　　——丁酉年，孟春写于吉山寓所

千年古城，浪漫凤凰！

为你
等了一千年
相恋
苦思一万年
梦中的你，雨中的你
风中摇曳的红纸伞
你说我们再次相会
在风中，在雨中
我们漫步在虹桥边
就这样一直在等你
等你梦中依然甜美的笑脸
此刻，我在古城墙眺望远方
消失的红丝带
打湿了我的双眼
就这样，就这样等待着
来年的雨季，来年的相见……

——2016 年 5 月 2 日于湖南湘西凤凰古城

桃 花 谣

白云桃花十里长
雪花纷飞雾茫茫
春寒花瓣落窗下
依依不舍恋海棠

——丁酉年孟春写于白云山桃花洞

无 题

记得五年来此地
孑身一人如荒僻
同朝幕僚不相识
孤雁哀鸣为谁啼
花开花落半山坡
春去秋来相思泪
未曾打开花格窗
绿茵粉黛伊人悴
三尺案头通古今
残阳如血光影碎
我心寄于山水间
一斛清酒竹林醉

——丙申年～春写于吉山寓所

虞 美 人

北方有佳人
细腰宛如银
罗裙洒金莲
粉黛卷泪痕
清风摇玉袖
桃花佛面春
芊芊托香腮
不知思何人

——正月初六写于皖北

清 风 吟

独在空楼思渺然
北望江雪风雨寒
南国春暖花世界
斗笠蓑衣珠江边
五羊花城空一人
往日风景似去年
我思秋风谁思我
苍凉老树等傍晚
月明星稀鹊南飞
绕篱三匝迷家园
人道落日是天涯
何须快马走韶关
雪梅落花胭脂泪
孤雁南飞啼杜鹃
松下残棋无人下
南山一柱抚琴弦
清风不知明月在
垂钓野溪三日闲

——2017 年 1 月 23 日写于吉山寓所

风 歌 行

昨夜寒风落满地
一叶飘零随他去
秋雁两行江上泪
相思风雨情依依

——丙申年，冬至写于吉山寓所

秋 雨 寒

一场秋雨一场寒
潇潇雨歇地连天
忽闻昨夜风破窗
一抹夕阳涂城南
南国原本无凉意
晓风残月珠江边
乌篷船头独自饮
今宵何必问当年
沧海桑田无绿柳
春梦一刻在阳关
牛头岭上望北去
东江湖面升紫烟
红尘有梦梦已碎
江雪不语化纸鸢

——丙申年—仲秋写于吉山寓所

梦回苍山

苍山乌云天际间
海天一色如夜晚
昔日残阳已西去
枯树老枝北风寒
黑白两色写洱海
水墨丹青一幅卷
惊涛拍浪不复再
细雨蒙蒙洒木船
春风杨柳万千条
如今倒垂湖岸边
风花雪月两三事
浣衣金花过千年
浪漫大理洱海情
采菊东篱在苍山

——2016 年 2 月 6 日写于大理之洱海

长安记

七月流火游长安
梦回唐朝在眼前
秦砖城墙九道湾
钟楼悠扬催人眠
国色天香羞花美
马嵬坡上弹孤弦
一老一少未到老
留下遗憾空等闲
九门九口城中城
宫苑傍山碧云天
烽火三月阿房宫
从此丽人在水边
骊山脚下华清池
谁人记得杨玉环
出水芙蓉无雕琢
冰清玉洁赛天仙
漫步西京黄尘道
斜阳暮草望南山
千年帝都成往事
风雨飘摇如云烟
秦皇汉武尚不及
吾辈混沌是少年

——丙申年夏末写于西安

李 花 颂

李花亦远更宜繁

自上而下始足观

三月时常落花雨

不见桃花在人间

记得那年李花下

共叙旧情田地边

如今南北各一方

何时相聚白云山

——2018 年 2 月 2 日写于翁源

游 塔 川

千里江山寒色远

芦花深处不孤单

一枚红叶知秋色

淡妆相宜黑白间

寻得一处好景色

江南最美在塔川

—— 2017 年 11 月 13 日写于赣州

塔川秋意正浓时

四季之美最为秋，秋韵最浓是红叶。金秋的塔川满山遍野的红叶，在凉爽的秋风里分外妖娆，万叶秋天红，千山露枫叶，此时此刻不仅让我想起杜牧的诗句：远上寒山石径斜，白云生处有人家，停车坐爱枫林晚，霜叶红于二月花。秋天的霜叶一片的火红仿佛是二月红花，虽然没有那么娇艳欲滴，但一派清新脱俗、生机勃勃的景色，醉了我的心田，也醉了整个秋天。

自古逢秋悲寂寥，我言秋日胜春朝。晴空万里，天空如洗，雄浑壮美的诗句是多么让人澎湃激昂。也许秋天的格调没有春天那么高，在安静中多了一份耐心和平静的守候，秋天不仅是红叶天真烂漫，也是心意浮躁下安静下来的独自怀念。我没有画家的神来之笔，可以随意勾勒出红叶舞秋韵的丹青画卷；我也不是诗人，可以写出散发着淡淡忧伤的心情美文，但我有一颗诚挚的心去感受去体会……

草木一秋，人生一世。感叹的是过往得失之间的无穷回味，体味的是人生色彩的斑斓，何以重回梦中的美丽家园？多少的回忆让我华发早生，在不知不觉中已到了知天命的年龄，何叹流水似年华的寂寞惆怅。

似乎在弹指间忘记了童年的青涩，儿时的青梅竹马、两小无猜，一如生活司空见惯的美丽画卷，诗一般的少年时代不仅是不知愁滋味，更是每天吟唱着一幅幅美妙的童谣，伴随着清唱的诗篇。

红叶题诗，已经过去的浪漫，在时间的磨碎中已经支离破碎，那时的我们相互依偎在皎洁的月光下，轻轻地呢喃细语，相互对视中突然的沉默却是你我最美的时刻。我们沐浴着晨露，弄湿了你的秀发。任凭秋风中肆意摇摆，在一轮红日冉冉升起时，你轻轻舞起你的衣袂，翩翩起舞，直到我们遥望夕阳西下时的回家小路……

春来花自青，秋至叶飘零，来年的秋天你是否还在塔川等我？在花自飘零中掩饰了我的清苦，心底寄托的是一种相思的愉悦。

——2017 年 11 月 11 日写于江西之篁岭

尘 世 情 怀

江 南 雨

江南的雨是轻盈淡雅的
整个天地笼在袅袅的烟雾里
有一种朦朦胧胧的感觉
江南的雨，像极了江南的山水
是淡淡的，清清的
当柔柔细雨飘过江南古朴的小镇
小镇便有了一种古典的忧郁……

——旅途中

忘却的思念

一个不老的传说

一段永远割舍不掉的思念

一段儿时的回忆……

我们忘却的是瞬间，留下的是永恒，那一天，那一晚，还有默默相对不语的夜晚……

这里，曾经的足迹被雨水冲刷，这里，梦里的小木屋已被喧嚣和繁华淹没，但，悠扬的陶笛依然回响在耳旁。

今夜星光灿烂，今夜注定又是一个不眠之夜，任凭思绪的长河就这样静静地流淌，任凭往日的岁月如同一首老歌再一次的轻轻吟唱。

我无意让时光倒流，过去的终究过去，即将到来的依然到来，一边是对未来的向往，一边是透支心胸的梦想，每每走在十字街头不停地张望，停留下来的脚步怎能阻挡？

微风中你翩翩起舞，舞动的青春是你个性的张扬，想抓住柔弱的身躯，怎奈如同流星一样！

就这样，也只能这样安静地回想，相思之苦的泪水，模糊了双眼，也模糊了远处的霞光。

——丙申年，仲秋写于广州

叹沉浮飘零叶

秋阑夜雨，洗尽铅华。点滴秋意竟惹霜丝，红尘阡陌，叶落总飘零，看花开了一季又一季，秋叶纷纷，静寂的声音如流光婉转。本是折桂飘馨的明媚，如今却叶叶飘零。是风，吹的惆怅；是雨，落地有声。握不住的流年若梦，剪不断的岁月如歌。步入秋叶的絮语，花泥作尘，还有谁，许我一世长安……

——题记

在四季平淡的岁月中，没有刻意地去触摸过曾经因为秋天的伤感，一轮寒月高高地悬挂在半空中，改变了我的心情也动摇了我一路前行的决心，用年轮一层层记忆下了过去的烦恼和忧伤，顺流而下的不再感叹往事的遗憾，在呆呆地发愣，那是清明时节的一片寂寥，我的梦中女孩又将在何方？

或许在没有暮霭沉沉的日子里，你我都在空白中填补下一期的内容，一场风花雪月的故事里改变了主角也改变了原来的旋律，就这样在一个永久守候的地方苦苦地等待着，等待着……终于等来的是风雨飘摇的寒冬，夹杂着片片雪花伴随着早已消失的风发少年。

那年花下，谁许谁流年不负，或许我的钟情是你的过眼烟云，在低声的吟唱中可曾又是一曲荡气回肠的留恋之歌？没有承诺的相视一笑，在默默地彼此望着对方，忘却了时间，忘却了空间，一切的一切都淹没在昔日的蒙蒙细雨中……

在花树下，许下一世长安的诺言，在樱桃树下你我继续着一段永远没有结果的故事，看闲云野鹤，云卷云舒，悠然自在的在河边轻轻地挥动着竹竿，寒江旭日东升起，只是黄昏在眼前，感叹岁月的侵蚀和时间的飞逝，此时此刻，我不由得回想起那一段不堪回首的往事……

看落花拉成帘幕，在无瑕的云之彼端，在碧蓝的天空之城，谁在城中等你，谁又在城外等我。等待的是远远的孤独一人，庆幸的是天地间也是一人，没有梦幻的世界更有没有五彩斑斓的装扮，我来自一粒尘土在微风中自由地飞扬，越过青山绿水，越过碧蓝的大海，倏忽不定的是没有归属的飘荡，悲情的是一直演奏着只有自己能听的单曲之恋。

时光里的锦瑟，飘忽的梦里，是单纯的晶莹。突然发觉，昨夜眉角的星光还来不及流淌，索秋，又重绻一抹苍凉，萦绕在暗夜深处。秋意绵绵，秋声无期。携一缕暖，只花开倾城；盈一念为想，只为倾尽天下。

——2016 年 7 月 5 日写于吉山寓所

一日看尽长安花

一花一世界，一叶知秋天，道不尽的流年似水，说不完的沧桑岁月，期望是绿色葱郁的春天，一缕阳光直射窗台，温润的淡淡的潮湿在一声声叹息中不再留恋过往的云烟。

四季的轮回乃人生一个反转，在思索将来的温存何曾又能忘记即将到来的寒冷冬天。也许逃避是避开现实的最好方法，在犹豫不决中一次次下定决心，最终虽然深陷囹圄却依然苦苦挣扎……我能否选择性忘记，忘掉残酷的现实，面对的一切，忘掉聒噪之烦躁的杂音？诚然，在选择与放弃之间，从未有过一次瞬间的明断，优柔寡断非个人之性格，在取舍中学会虚伪地掩饰自己，学会了给自己找个合适的借口，学会了能放掉一切认为都是应该放弃的，虽然，对我来说很重要！

雾里看花是迷梦的世界，在虚幻中任凭自己无限地遐想去勾勒出符合意愿的世界，未尝不是一件好事情。人生之路不在于它的漫漫长夜，而是行走在这条路上的是谁，勇往直前的一路奔跑忽略了两旁的鲜花，因为他清楚他需要的是远方和远方温暖的家。

世事难料是对每一个人猝不及防的突然来临，我们一次次经受住内心的拷问，是错在哪里？还是错在哪里？提一个问题是绞尽脑汁几乎静止的咆哮，回答这个问题则不仅仅要智慧更需要胆量的无限之大。我承认在许多事情上因为看法不同，从而得到的结果也不同。所谓痛苦不堪其实也就是不愿忍受继续发展的过程，往往在不能控制中它却继续延续着，直到黑暗迎来了黎明，直到日月无光，天地间一片混沌。

心有天地自然宽，我们去感知人世间的冷暖疾苦，因为是同类偶尔所能产生的本能，也许就是一点同情罢了。面对弱者随意的施舍怜悯并非是做人之根本，因为是同类或者脑皮层激发下的自然反应而已。洞察秋毫是对自己心情的剥削，放任自流是对他人的骄横跋扈，在对与错之间给自己留下的空间是如此狭小，禁锢住自己的思想不在黄昏时祷告黎明的到来，那种昏暗的日子是何等煎熬？

荀子曰：问苦着勿告也，告苦着，勿问也，说苦着，勿听也。大智若愚是愚弄本身事件的巧妙回避，然，在内心深处的那份孤独在落寞中反复出现，此心是何等苍凉？

我喜欢生在乱世，在飘忽不定的日子里，随意地跌宕起伏和浪迹天涯，无牵无挂的身躯游走在乡村小路，可以是侠客忘却了人世间的不平之事，可以是一对鸳鸯随处在田野里温存媾和，自由自在又是多么的逍遥自在。

花开花落，一年一年，诉说的是故事，演绎的是人生，悲痛的是永远的失去，喜悦的是对未来美好的渴求。我是人，也是滚滚红尘中一粒尘埃，在空气中游离很久不能落下，在万花丛中竭力留下渐渐远去的淡淡芬芳。

清晨，我在朦胧中回忆起昨日的美梦，在晨曦中呼吸着不算新鲜的空气，尽管头顶是一片的污浊，尽管前方是高低不平的泥泞小路，但一如既往地继续前进，不再奢望拥有百花齐放的满园春色，只为即将凋零的荷花暗香。

仰望星空，我心悲伤。放眼世界，我心迷茫。

——2017 年 9 月 28 日凌晨写于吉山寓所

送　别

兄弟七载欢乐多
朝霞夕阳谱恋歌
从此离君百余里
握袖畅谈成蹉跎
鸿雁传书一线天
我待江中盼金锁
同是云中南飞雁
谁人知晓苦日多
吉山四年恍昨日
雄关漫道一过客
清酒月光对酌影
人生苦短又奈何
天地纵然大无边
风中红叶已吹落
明年春暖花开时
泛舟弄发流淌河

——丙申年～初夏于羊城

心的旅行

我就这样藏匿于山水间，观险峰耸立，暴瀑飞泻，白云萦绕其中，潭水秀春色，翠柳摇风情，油菜花开遍地满金黄。僻静幽处，茶香浓郁，琴声悠然响起，如诉如泣。入耳立即扫去心灵上疲惫，还洁净与空灵，我跟随音乐的脚步，寻找精神上的芬芳，灵魂深处有一个天籁之音指引着回家的路，遂走过崎岖，翻过高山，来到一片森林，踯躅着，爬上一棵大树，看远处炊烟袅袅，模糊的视线里有父母的微笑，我贪婪地嗅着故乡的气息，听着树木间摩擦带来的欢歌，仿佛回到了儿时，孩童身影在林间嬉戏打闹，纯真的笑脸和青春根种于草丛，候着一季的绽放。

睁开眼，放飞的心回到生活和工作的都市里，我在行色匆匆的人群中穿行，每天都要面对陌生的面孔，逐渐陌生了自己的心情，思绪游走于钢筋水泥间，在霓虹闪烁的间隙找到一驻足之处，凝视着周遭的人群，静静地沉思、彷徨，尤其是一个人的夜晚，这种孤寂和思考成为一种习惯，有时也喜欢热闹，试图融入人多的环境，如喧嚣的酒吧，朋友的聚会等，久了就会无趣，在这些醉生梦死的梦幻药剂里，一时热闹宣泄后醒来是无尽的寂寥。或许如我这般多愁之人，本就属于自然，属于虫鱼花鸟的喃喃昵语中。

或是想家了，竟这般感伤，游子吟唱着山歌，心早已扑向温暖的港湾，桑梓地的哺育之情绣刻成一座坚实的城墙，抵挡着风沙的侵袭，洪水的肆虐，而我，终将回到这里，也栖居于此，流浪的脚步蹒跚着流浪的孤独，流浪的尽头是回到城内写流浪的故事，传唱着一首流浪的歌曲。现在流浪的日子，带着流浪的心情。坐在流浪的酒肆，和流浪一起把杯。把流浪的辛酸和文字，搅和成液渗入杯中一饮而尽。

风吹走了乡愁，带来了思念，人间的点滴是否摄录在上天的硬盘里，小人物的故事可以感动高高在上的天神吗？谁会在乎漫天狂舞的孤魂呢？谁又在细数彼岸花的轮回落瓣是多少？造物主的仁慈让我们有别于其他动物的思考能力，造物主的大意又把负面情绪掺和了进来，孤独、寂寞、忧伤和恐惧，成为懦弱的一部分，幸好，我们还有"爱"，还有这个灵药可以疗伤，可以安抚狂躁的灵魂，让其静下来、温和起来！

我从不奢求今世的善行能换来下一世的回报，在孟婆端碗叫进来的时候，我已经忘却了自己，记忆成了多余的累赘，肩上的红尘琐碎消失于无形，只有心灵还在寻找，伴着还能思考的灵魂，等着佛祖的指引，空中梵音高颂皈依，四周佛经点化修行，下一世，我还重生于青山绿水中，还保持着良知去流浪。

岁月如虹，生命如歌，歌后彩虹现，只等待那一季的春雨，雨后在岁月里流浪。

流浪成了习惯，成为生命中的一部分，心灵伴随歌声走遍四方，魂牵梦绕处，是故乡的月，圆了、缺了。

旅行的心灵，在梦里水乡，望向浩瀚的天空，云淡了，月儿蜕去面纱，缺了，又圆了！

缘愁白发三千丈行

夏季的雨季似乎来得比去年早些，心情来不及好好的拾掇就面临着一个一个的倾盆大雨，雨水洗刷了心灵的污垢也冲刷了身体的疲惫之尘，期待着对往日的情怀，在回忆中久远的等待似乎在晨风中慢慢地淡化了许多……

树欲静而风不止，每每百无聊赖时总是想象着过去的过去，尽管有过伤感也有过希望的喜悦，这一切仿佛定格在那个年代，在没有任何人提醒时依然在平凡生活中继续着消沉下去……

悲伤的眼泪总是在无奈和无以言表中等待着自己慢慢消化，愤怒的我有时面对湛蓝的天空多么想让自己瞬间变成一只自由的小鸟，可是，我不能，也不能这样做，因为，心已跳跃不再平静，尽管多少次的挣扎在没有结果中几乎都是以一声叹息匆匆结束，但依然继续着属于自己的艰难的步履维艰。

我曾经在深夜悄悄地反问自己，我每天在做什么？为什么这样做？这样做的结果会是什么？就这样每当夜晚来临时，两眼的迷茫加之焦灼不安的心情，在等待着黎明，在等待着新一轮太阳的升起，在忙忙碌碌中又开始了一天所谓的工作与生活。

记得有人说过，生活中没有哲学，哲学里才有生活的道理，是不是可以把哲学生活化？是否可以把哲学肤浅为生活的状态呢？其实，无论怎样一个的变化过程，只有过程的重复永远没有过程结束后的结果，这也许就是我的烦恼所在！

我们在追求着自由、平等……然而，真正的自由和平等在个人价值观的世界里是何等的苍白无力？在这样的一个残酷社会中我们终究学会了自我保护，学会了在相互推诿中而游刃有余，在不厌其烦中我们彼此之间鼓励着麻木，在麻木中似乎尝试到了快乐，尽管这个快乐昙花一现。

我们失去了自我的价值和自我的认同，关注的是周围身边人的评价与看法，往往极力让自己忘却的事情却记忆犹新，于是，原来的不安和痛苦没有彻底地消散，我们在特别情愿包括外力的渲染下欣然接受新的烦恼，如果说这个是所谓的轮回，那么我们是不是每天都要经受一次凤凰涅槃、浴火重生？

我们是悲剧的制造者，也是悲剧剧本的撰写者，更是相互交织在一起的角色，也许因为个人演技不同，也许是个人对剧情的理解不同，但最终还是在默契的配合中完成了一部堪称旷世奇才的悲剧之作。

我们是人，不能神往，只能向往，在没有幻想的世界里仅仅保存的是可怜的幻觉，在压抑中何尝不想放飞自己的心灵去自由天堂展翅飞扬，我们不能！因为你我是凡间俗人，在这个烦琐的世界里其实你我都不能真正的超脱，能超脱都是居住在白云之家……

孤独和沉闷挥之不去的阴霾，想声嘶竭力地大吼，没有观众的独自表白更像是你失去了永远的舞台，封闭自己的心灵，拒绝一切走进你的世界，普通江湖侠客漫游在田间的陇上小道，在夕阳西下的一片惆怅中，抚摸着自己跌跌撞撞地一路西行……

——2016 年 5 月 20 日写于广州

远方（外一首）

又一次的即将流浪远方

张开早已疲惫的翅膀

蔚蓝色的天空

遮盖不住内心的忧伤

没有主题的清晨

尽管小鸟在欢唱

感叹飘零的孤叶

随风随雨依然在梦里迷惘

打开地图却没有去的方向

我的乌托邦如同灵魂穿梭

山清水秀，小桥流水

寄托梦中独自欣赏

你说应该关注沿途的风景

起点到终点不是航程，是旅途中的惆怅

没有停下来脚步

只等跟你一起慢慢欣赏

又一次的长途旅行

背起简单的行囊

走过五岳的青山巍巍

走过黄河，走过长江

温暖的南国桃园

阻挡不住北国风光

我热爱远方

但我喜欢独行在路上

我热爱音乐

总是一个人歌唱

斑驳的心情

变成了黑色的诗行

目光隐隐，默默的守望

飘零的花瓣，淡淡的忧伤

遥远的思念，梦里水乡

曾经的心潮澎湃

化作平静后的一抹夕阳

你依旧

我依旧

青山不老，岁月不尽

多少往事都将归于收藏

——2016 年 2 月 17 日写于吉山寓所

青涩的记忆

不知道什么时候开始，越来越爱回忆了，总是有时沉醉在回忆里。那时的年少轻狂，那时的多愁善感，那时对某人疯狂的暗恋，总是把年轻的心填得满满的。

爱过、疯过、哭过、醉过、伤害过……如今想想，那时的心是磐石做的吗？千疮百孔之后还是愿意相信还有真爱，习惯回忆的我，走在街边的精品店里，注视着某件小饰品久久驻足不愿离去，并非那东西多珍贵，只是那物勾起了我无数的回忆，人常说：睹物思人，因为这些我回忆起生命中一些擦肩而过的、来不及留恋和无法忘却的人，也会因人思念那些曾经陪伴我的物品，只是多年以后的我，早已忘记曾经当宝珍藏的物品如今身在何处了。

那些温情岁月留下的物品，在某个午后或者是不眠的午夜成了我们不眠的理由，等着我们去温习，接着在以后的日子里，懂得了如何爱自己！

也许我没有大爱无疆的博大胸怀，当我的生命中刹那间出现一个尤物时，原本一颗干涸的心扑通如同春雨般的滋润起来。空洞的世界仿佛没有了事物的填充，单调中可否有我一路风雨同行的知己？我从未感叹岁月的苍老，也无视青春的悄然流逝，在悲情中一次次地唱起属于自己的童年歌谣，一切都是那样的自然，一切都是那样的应该，一切的一切都回到了原来的一切中……

一段记忆的时间里我有过对未来的憧憬，也有过对美好时光的幻想，在无忧无虑中自然地成长，在没有烦恼中快乐自始至终。

忧伤的情怀，都在青春岁月里继续前行，半生流离，冷暖自知，在孤寂中一次次地反复咀嚼着只有自己知道的苦衷，在日复一日的百无聊赖中没有了往日的浮躁，没有了瞬间的激动和没有理由的彷徨，在慢慢沉寂中学会了思考，学会了宽容和那一份难得的平静……

无以言表的伤痛在倾诉中只能是一次次的痛苦的碾压自己，于是，我学会了在黑夜中寻找另外一种寄托，我没有让文字能够活灵活现的本领，但我可以把自己的哀怨付诸文字，任凭它在洁白的纸上自由流淌……

我用文字见证了这一切，我用文字记录下那一个个精彩的瞬间，包括痛苦不堪的泪流满面。在等待中我是一座毫无生命的雕像，虽然有着质感的伟岸躯体，有着抵挡风雨交加的强大心理，但每每夜晚的降临谁能知道我的孤独在悲伤中只有繁星点点的陪伴？

在等待中我的心老了，在期望中我已经没有往日激情四射的情感，如同一口枯井在秋风落叶中任凭四季的变换和人间的冷漠。

青涩是我的一段往事，青涩也是我的一段回忆，在记忆中幻想未来的一段青涩，在青涩中盼望着下一个青涩回味……

——2017 年 4 月 12 日写于吉山寓所

老当亦老已是老

　　岁月的痕迹在不知不觉间已经悄然磨平，来不及把自己安排妥当，来不及把自己置身于一个安乐的环境，就这样那么快地即将老去……

　　我在风尘中不自觉地游走，在岁月的长河中，仅仅的一声叹息怎么能够给予自己满意的总结？常常思量过去的时候，在回忆中充满了恐惧和孤独寂寞，仿佛居无定所地随处飘荡，似曾相识中的一种陌生感，一直在悬挂着我对你的思念。是的，就这样你我在红尘中相识，在红尘中慢慢地消失，想象着我们一起牵手的日子，在梦里？在遥远的风景里……

　　我如同一个孤独的行者，在凛冽的寒风中独自前往，没有羁绊，没有伙伴更没有一起行走的人，就这样，就这样，我在前面渺茫的路程等待着齐备的你，也等待着翩翩而至，尽管时光飞逝过去了很多年，尽管彼此相拥过的那是很早以前的一瞬间，但记忆的泪水犹如今天的刚刚过去，此刻，我不再孤独，此刻，我不再孤单！

　　站在那里看到这里，这里有我对以往的回味，那里有我对过去的回忆，已经不再青春年少，已经不再意气风发，已经不再热血青年，那么我是什么呢？

　　　　　　　　　　　　　　　　　　——丙申年，初冬写于羊城

过往的记忆（乡愁篇）

　　记忆的碎片在心里慢慢地流淌，毫无思绪的静止状态下仿佛回到了那无忧无虑的童年时代。村头郁郁葱葱的老柳树娇柔妩媚，阳春三月时漫天飞舞的柳絮把原本荒凉的村庄装扮得分外妖娆，童年的记忆往往伴随着青梅竹马的童言童趣，也是萦绕不绝的家乡的甜美味道。

　　故乡的那栋老草屋有我童年的欢声笑语，有我深夜仰望星空天真烂漫的天马行空。夏日的清凉之夜，伴随着大人们娓娓动听的故事，在昏昏欲睡中度过了一个个金色之梦。

　　家乡后面有一条大河，当地人称之为沙河，也是淮河最大的支流，它起源于桐柏山区，蜿蜒曲折流经这里，日日夜夜奔腾不息的清澈河水带走了我对远方的向往，带回了我梦中一次次对家乡的回忆……沙河两岸金黄色的沙滩在阳光照耀下五光十色，也是小伙伴们每天必然玩耍去的儿时乐土，航行的大船在河风中顺水而下，撑起的白帆迎来朝阳送走了晚霞。

　　月是故乡明，人是故乡亲，月圆月缺的日子里牵挂着的不仅仅是我的思念，更是想念故乡的淡淡忧伤，我没有优美的诗句来表达我此时的心情，明月千里的相思是我孤独寂寞时对家乡的释怀，不经意间的回想把我带去了久远的年代，家乡之美我将何以忘却对你的牵挂？

　　凝望家乡，在不知不觉间是一种莫名的伤感，虽然远隔千山万水不能瞬间回到梦里故乡，但家乡一切的一切永驻我的心里，乡愁是一杯甘醇的美酒，独影对酌一饮而尽，喝下的不仅仅是对故乡的留恋更是故乡的温存记忆……

　　乡愁是母亲的翘首期盼。安静的夜晚，母亲总是倚门而立，就这样每天的等待，每天的期望儿女的出现，伴随着她度过一个个无眠之夜，无情的岁月催老了母亲的华发，在白髮苍苍中永远没有失去的是对儿女们的牵挂……

　　乡愁是一篇优美的散文，无须华丽的辞藻来加以粉饰，乡愁是我浪迹天涯中筋疲力尽时的休息港湾，我是行者一直走在旅行的路上，无论家乡有多远都将是我梦回萦绕的故乡。漂泊是奔走他乡的流浪，故乡是我心头的一抹淡淡乡愁。

——2017 年 8 月 19 日写于洛溪

我是风，没有波岸！

如果能给自己心里留下一个空间，或者给自己不定期的彻底放飞一次心灵，我想那应该是旅行。一次次的旅行如同自己曾经的一个习惯，或者说是一种理念，匆匆忙忙的和那永远带不走的都将是我人生中留下的记忆。

不停地的脚步在丈量着这个世界，去感悟着一次次陌生的经历，人世间的冷暖在不知不觉中替代了往日的哀怨，此时，多了一份难得的理解和包容。我不是完美主义，我更不是偏执狂，在一望无际的大海边，我曾幻想着哪里是大海的岸边？哪里是大海的源头？哪里又是大海的终点，当然，这些似乎是永远没有答案的命题……当我行走在原始森林时，我不禁感叹着绿色的海洋如此博大，更让我油然而生一种敬畏和恐惧，我仅仅是一个生灵而不是一个精灵，我在旅行的同时，也在给自己讲述着只有唯一的听众的故事，尽管这个故事没有开头没有结尾，只有烦琐的、毫无新意的过程。

我孤寂地仰望星空，在尽力地放弃掉内心的孤独，在患得患失中寻找着属于自己那份短暂的精彩，我渴望得到一份属于自己的那份安宁，我更加向往永远是自己独行天下的悲苦行者……苍凉荒无人烟的可可西里，那里是生命的禁区也是生命的顽强实验区，多年前的可可西里犹如昨天，那时的天很蓝很蓝，蓝得让人不敢相信，蓝得让人不忍心触摸，那一刻，我的心已经得到彻底净化，原本满身污垢的我经过沙粒的陶冶和雪山的洗刷，一个重生的个体，一个充满朝气的个体，一个对一切充满希望的自我，在艰难困苦中终于涅槃再造。

我从茫茫西北戈壁滩到沟壑泪痕的黄土高坡，忘记了所谓的人生苦难，摒弃了犹豫不决和徘徊的黯然神伤，行走在黄土高坡聆听着嘹亮的陕北信天游，我的心豁然开朗……我走过中原大地看见过万顷的麦浪，又跋山涉水来到了八百里太行，我不再脆弱地去解释这个世界，我不再用悲观的眼神去审视这个世界的凄凉。我知道无论在哪里，无论在何方，我都将是一个孤独的行者，一直在路上……

深夜至此，飘忽不定的我，在思考着下一个目标和即将去的方向，翻看着一页页发黄的老照片，还没来得及感受自己的精彩，瞬间已经是沧海茫茫，我何以悲叹那一段不能回忆的岁月！哪怕是时光倒回能否让我精心雕琢月光？纵然在前行的岁月里我除了感叹时间的无情，我不能一直沉浸在过去的感伤，我的脚步注定是继续前进，无论在风情雅致的南国，还是冰雪寒冷的北方，寄托在旅行的行进中，把心永远放在美丽的图片上。

我的青春年华化作永远的相思之泪，在追忆中迈开第一步奔向诗情画意的远方，感谢大自然的馈赠和慷慨，使得我在哪里都有八月桂花的芳香，在永远没有停下脚步的旅行中，我一直就在风景里，而美丽的风景也一直在我心头存放。天不老地不荒，享受着难得的清闲时光，在自由自在中任凭自己天马行空，自由畅想。

我是风，没有彼岸；我是行者，没有可以留下的地方。在我的内心深处，没有阴天，没有孤独，只有一缕缕温暖的阳光。

——丁酉年，仲春写于吉山寓所

四个人的纪念

六年前的今天我来到了吉山
如今，我依然在吉山
六年前的校园
六年后的校园
依然如故，没有改变
那时的我些许青春年少
六年后的今天
岁月如梭，沧海桑田
如今，各奔东西，我依然坚持着我们的心愿
此刻，我已经泪流满面
不想过往的回忆
更不想追溯过去的留恋
我知道，四季轮回，人物变迁
那时的欢笑比现在多
因为我们只有一个目标——勇往直前
许立华，林静雯，李闯你们现在哪儿？是否还能听到我的呼唤？
我们一同去过深圳，惠州
也在风雨交加中去过东莞
我们一起走过广州的十二个区
坐着大巴一路颠簸到过中山
办公室里你们的影影绰绰
至今仿佛昨日依稀可见
我不能没有你们
只有你们的存在我们才是真正的团圆
那时你们的辛苦、你们的努力
换来了灿烂辉煌的今天
你们是坚实的垫脚石
你们更是学校的希望，美好的明天
尽管，你们已经离开学校
但你们的心永远在吉山
我在这里
等待你们，将继续着我们心中的那份永远

——2017 年 3 月 15 日写于吉山

忆 旧 友

南国三月芳菲春
不见桃花映山门
我本桥头折柳枝
落花流水等黄昏

——丁酉年孟春写于吉山寓所

忆 吉 山

庚寅春上来吉山
如今已是整六年
鬓发青丝成追忆
鸿鹄之志寄杜鹃
我待今日复明日
化蝶有泪不轻弹
一秋一草皆我情
寒月惆怅珠江边
子在川上子不语
往事随风如尘烟
风流倜傥周公瑾
小乔初嫁在南山
我欲梦中问庄生
莞尔一笑飘飘然
太白终归当涂水
陶公隐居桃花源
有心暖玉西窗下
只是一切成惘然

——丙申年，冬写于吉山寓所

等待是一生的苍老

我曾用心去等待当初的那个地方，从每天的早晨到落日余晖，岁月的沧桑不经意间地继续等待着……

我呼唤着过去，憧憬着美好的未来，你却总是姗姗来迟不见你的踪迹。你我的相约在相识中的瞬间激动，以后的平静却是现在的冷落清秋。

风吹杨柳，依依惜别，少年时的山盟海誓在大海波涛的声声巨浪中被无情地淹没，来不及的婉情告别，在一片翠绿的山峦起伏中消失得无影无踪……

曾经在秋雨绵绵的回忆，阳光灿烂的日子，在布谷鸟的叫声中，依然过着属于你我的火热夏季，就这样一年一年地等待，等待的是一抹夕阳的身影渐渐远去，渐渐远去……

美是永恒的，爱是无边的，所有的美化都是天空中自然漂浮的音符，可惜的是没有今夜的伴奏，只是一个人的舞台在默默地独角演绎。我在孤独中学会了沉默，我在沉默中学会了孤独寂寞地等待……等待的不是黎明之前的一缕曙光，等待的不是你突然的悄然而至，等待的不是山花烂漫时你的回眸一笑，等待的是当初你我彼此的守候。

一次次纷扰的思绪涌上心头，一次次地在失望中了却心中的夙愿，一次次地在秋风萧瑟中呼唤起你的名字，只因阳光灿烂的日子里你我一起去看海，你我一起奔跑在辽阔的田野……

漫漫长路，形影相吊，把酒欲欢，奈何独樽，你的翩翩起舞可是在梦中的昙花一现？你悠扬的歌声又一次勾起青梅竹马的童谣……

从此，我不再孤单！从此，我不再等待……

——2016 年 12 月 27 日写于广州

不再收起的碎片

　　每天的心情在平淡无奇中年复一年日复一日地重复着昔日的往事，清晨一缕阳光照射在大地，同时也温暖着我的身体，没有渴望很久是一如既往的没有目的地继续着，曾经的幻想终于在一个下雨的日子，伴随着淅淅沥沥的淫雨霏霏，在沉默中极度欢乐，极度忧伤……

　　我轻轻地抚摸着带有伤痕的绿叶，尽管它已经不是绿意盎然的春天，尽管它早已失去了表皮的光滑和粉嫩，但纹路清晰的依然印在各自的方向。

　　在昆虫呢喃细语的夏夜，我仰望星空，在浩瀚的宇宙里虽然繁星点点，虽然忽隐忽现但我的位置又在何方？我又将归宿哪里？空白的不仅仅是我的心情，也掏空我对美好爱情的幻想，我像一叶扁舟在静静的湖面等待着微风轻轻地把我摇晃，此时此刻忘我的不仅是境界更是内心深处的向往……

　　当独自一人行走在柳树下，漫天飞舞的柳絮何尝不是我对远方的你如此渴望？潺潺流水带走的是我的片片真情更是你我永远定格在那一瞬间的徜徉，记得你说心情不好时多看看蓝天白云，漂浮的白云能否带去我对你思念的惆怅？

　　我们是平静中的相识，是平静中的正常不能再正常，就算世界上多么美妙的和弦也不能代替你的美妙吟唱！我曾经想拥有的不是一个独立的世界，也不是你我的风花雪月，更不是如胶似漆的朝夕相伴，因为这一切都不是我内心深处的希望，传说中的举案齐眉和携手同行，已经是历史的过去和昨日重现的阳光。

　　我亲吻着大地是如此的宽旷！我仰望蓝天是如此的明媚春光！我寻找着过去的你，我追寻着过去的你，如今我只能呼唤你，你在何方？

　　一阵风吹走了你白色的裙子，同时也吹走了你留下的芬芳，只有我一个人孤苦伶仃地遥望着远去的你，遥望着逐渐消失的永远挥之不去的惆怅……

　　心情已经化作碎片再也不能重新起航，也许注定的要在寂寥中燃起心中的渴望，也许这一切都是海市蜃楼瞬间的希望，也许这一切都是命运的安排不再奢望。

　　今夜星光灿烂！今夜无眠直到天亮！

——2015 年 12 月 17 日写于羊城之天河

城市的惆帐

每天下班脚步匆忙
穿梭在高楼马路，一直没有方向
面对不陌生的你
熟悉中依然张望
那里有你的困惑
也有我的梦想
六月的雨淅淅沥沥
滋润着大地干涸的河床
那一年就在这里
两杯同样颜色的豆浆
眼望窗外的你，默默地眼泪流淌
你痛恨马路的坚硬
没有了落叶，没有了阳光
此时此刻，你在哪里
我还在老地方

——2016 年 6 月 13 日于东圃

最美的自己在路上

我一直在路上
沐浴着春天的阳光
一路的欢歌笑语
永远的心情舒畅
走过奔腾咆哮的黄河
驻足在太阳升起的地方
拖着疲惫的身躯
越过三峡，梦游长江
一切的过去已经成为过去
不再感叹历史的沧桑
伫立在唐古拉山口
玛尼堆上的经幡迎风飘扬
漫步在羊卓雍湖岸边
倾听着天籁之音的悠扬
那一刻，我已经不是自己
找回了童年金色的梦想
镜头记录着一个个景点
让所有的不快统统埋葬
我喜欢旅行
因为最美的风景在远方
我喜欢旅行
因为我要感受美丽的善良
我喜欢旅行
因为我的心在远方
我喜欢旅行
因为可以尽情地让自己流浪
我喜欢旅行
不仅有孤独也有梦想
在旅行中你我邂逅
从此开始了人生的起航
陪伴你我的是美丽的风景
一同走过的是未知的远方

——2018 年 2 月 28 日写于云南建水古城

释然放怀，无复蒂芥

徜徉在人山人海中，混沌在滚滚红尘中，心中的烦恼和困惑一直是挥之不去的阴影伴随左右，仿佛世间一切都是命运的安排，任凭沉沦下去，难道是终生的宿命之门？还是继续顺其自然期望改变这一切？仰望浩瀚的星空，繁星点点是否代表着一个个美丽的故事？我不知道生命的主宰是谁？我不清楚人生的最终轨迹在哪里？但每一颗璀璨的明星终将会陨落，终将划破苍穹，闪烁着微弱的光芒，消失在夜空里。

江边的微风再一次吹起，两岸的垂柳在春风中翩翩起舞。此刻，人生不如意的低落情绪，在波光粼粼映照下已经荡然无存，放下一切，放下手头上所有的事情，给自己一个可以任凭思绪飞跃的无限空间。漫步在碧水蓝天下的洱海，跟随着手鼓的节拍，让我们再一次相遇，熟悉而又陌生的地方是否还能勾起往日的回忆？你我的心心相印是否褪去了昔日的芳华？

三天的不期而遇短暂而又陌生，相互凝视的世界里仿佛静止了一切，留给我们的是无限的遐想和对未来美好的憧憬，没人去刻意营造心中的童话世界，也没人去叙述古老而又离奇的童话故事，然而，你我的心路历程从此开始了……

繁华落尽，尘缘如梦，幽深的古老小巷。你不经意间回眸一笑，那一刻，你带走了我的所有，也带走了我的一切。时过境迁，不变的是你夕阳西下的高挑背影。在花丛中你美丽的笑容永远定格在我的记忆里，我不知道接下来会有什么事情发生，但在每一个小巷的拐角处都能看到你舞动双袖，忽隐忽现。物是人非，时光的走廊迎来了朝霞送走了夕阳，你我相识的十里长亭是否又是一次梦中相会？

相思之苦，滴泪成伤，云雾蒙蒙中你走过的石拱桥，已经不见了细雨中那把碎花油纸伞，晨曦中你曼妙的身影轻轻走在每一个台阶上，一缕心酸的往事随风而逝，一缕寒意从心底不由地升起，就这样你慢慢地消失在人群中，融化在阳光里。一种无法自拔的苦不堪言，一种无以言表的忧伤，一个永远都无法释怀的深沉情愫，终于凝结成一串串晶莹剔透的珍珠，伴随着淡淡忧伤的眼泪悄然滑下……

我期望永远走在风景里，在青山绿水间丢掉自己的所有，零落的心情寄托于蓝天白云，从此不再讲述那一段段凄美的故事，纵然是销魂之夜的风情万种，也不再演绎一场感动自己的风花雪月。

——戊戌年初春写于皖北

无 题

去年今天来街东
山花烂漫相映红
欲寻桃花三十里
娇艳欲滴迎春风
北国雪花飘飘时
南疆花街独风情
据说牡丹多富贵
洛阳菏泽多贫穷
感时花溅多有泪
黛玉葬花夜风中
今人不恋风花雪
枝头抱香夜朦胧
我叹花落花开时
日薄惜春孤单行
遗恨春归无去处
芳菲散尽见山峰
可见花丛谁人笑
天涯娟娟复旧情
朱漆格窗绿桌椅
泪洒珠江绝琴声

——2018 年 2 月 12 日写于广州

游东华寺

红尘绵绵未了缘
虔诚来到东华前
今生前世谁人知
求佛答曰左右边
缕缕青丝染白发
不觉已到天命年
混沌无知度春秋
望断香炉生紫烟
青灯夜读黄纸书
思古论今想圣贤
江湖不再起风浪
我心悠悠已了然

——2018 年 2 月 1 日写于东华寺

樱 花 吟

只为梦中樱花来
伤感樱花凋旧台
新丰多少樱花树
雨后冰霜未曾开
那年春上在珞珈
樱花点点粉红白
如今南国游樱园
疑是韶关是仙台

——2018 年 2 月 1 日写于新丰樱花谷

早　茶

　　具有岭南风味的茶点和小吃，粤菜应该说属于大菜系列，具有清淡新鲜之特点，在保持原汁原味的基础上稍加调料便可直接食用。

　　一杯清水，一壶正山小种，开始了本地土著人一天的生活。虽然，茶不是特别好的茶，水不是特别好的水，但茶点是本地土著人的习惯，也是生活的一种方式。忙碌紧凑的工作之余，邀上几个三朋四友在悠然中继续着他们的生意。粤人一般不谈论国事，似乎除了广州之外的世界与他们无任何关联。大多本地人操着别人难以听懂的广府话（本地人称作白话），在杯盏之间相互交谈，任凭时光流逝，在不安的急躁中不乏宁静的状态。

　　茶与水在这里不期而遇，茶是心智的延缓，水是心情的滋润，品茶的同时也在观赏着周边的人和事，所谓茶禅一味也印证了聊以慰藉的人生起伏。他们遵循着大自然的日出而作日落而息的自然法则，在车水马龙的繁华背后，是他们敏锐的洞察力以及独到的经商意识。因为气候的湿热和环境的过度开发，融入自然中是本地人的向往，也是心底充满自由的渴望。

　　一杯茶伴随一个宁静的夜晚，一个宁静的夜晚伴随着一杯茶。

视 觉 言 志

电影《守护者——世纪战元》观后！

今天周末观看了电影《守护者——世纪战元》，电影是 3D 的所以要戴眼镜才能观看，我对当下比较流行的 3D 电影很是不以为然，原因是不是所有的电影都适合拍 3D，有些故事情节跟所运用的拍摄手法几乎不相干，因此，没有必要过多地使用该拍摄手法。

电影《守护者——世纪战元》是俄罗斯大电影公司出品，通常类似这样的科幻、动作、惊悚、武打影片欧美拍摄的居多。一个半小时的电影在稀里糊涂中终于看完，故事情节因为是科幻的所以完全脱离了生活，在故事情节上习惯了俄罗斯民族的执着，简单的故事背景交代后，就把正义与邪恶的矛盾明显地陈述出来。影片的主题线索延续了欧美的故事架构，是正义与邪恶的力量对抗，一次次的失败、一次次的化险为夷，给观众带来一个个悬念上的揪心，让观众在迷糊的状态下来不及思考下一个环节是什么，看似没有主角和配角的对白在宏大的爆炸场面前已经过于苍白无力。

高科技不仅时刻改变着我们的生活，也改变了我们原本从自然界应该吸收的能量，因为高科技的到来，人性的扭曲、道德底线的崩溃、伦理的彻底丧失等，一个个很难解释且陌生的科学怪物倏然间来到我们面前，所有的从容和镇定自若在怪物面前是那样的没用和不堪一击。

科技发展带来生活的便利是我们的初衷，但科学不一定都是在伦理道德下完成的，尽管科学充满着惊奇、神秘、未知以及毫无敬畏之心地去盲目地、大胆地研究，最终带来的是世界性的灾难……影片蕴含了大量的符合逻辑思维的幻想，也充满着对未来科学的探索精神。

克隆出来的人失去基本的人性，在善恶面前如同一块钢铁般麻木，除了计算机语言发出的指令它们似乎不属于人类，更不属于这个星球，因为偶然的一次失误，导致实验室爆炸弥漫着化学物质从而辐射出来的克隆人，科学家对他们失去了所有的控制手段，于是，一场灾难终于降临。

影片拍摄手法不算奇特，大量地使用了三维立体动画，场面宽广且无限的深远，观众不仅一次次受到视觉冲击，更是惊叹影片里一组组精美绝伦的镜头，俄罗斯女郎的豪情奔放，金发碧眼加之魔鬼身材把俄罗斯姑娘的优美曲线展现得淋漓尽致，女军人的干练洒脱又不缺人情冷暖的温柔体贴，在血腥杀戮面前依然保持着自己独有的幽默与微笑，冷漠的背后是肩负国家生死存亡的历史使命，在战友面前的那份自信更是作为一个决断者必须具备的独有魅力。

影片的最后在没有任何心理准备的情况下，突然到了结尾并且意味深长，他们是军人更是维护国家安全的守护者，也许他们并不沉醉于这些所谓的胜利，也许他们早已厌倦了一次次毫无意义的争斗，也许他们只想过着炊烟袅袅的田园生活，也许他们早已忘记了自己的性别，也许他们原本就没有爱情、婚姻以及蓝天白云下的天伦之乐……但他们依然坚守着属于自己的阵地，依然默默地守护着人类的家园。

——2017 年 5 月 21 日写于喜洋洋电影城

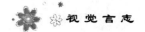

是时代的悲剧，还是悲剧的时代？

——电影《活着》观后感

这是一部安静的影片，尽管整个剧情里出现过多次的号啕大哭、泪流满面甚至是歇斯底里，但所有的观众无法跟随剧情的同步去用心感受那个时代。

也许这就是大导演张艺谋最杰出的一面！

作为一个观众，是极其不愿意回忆那个仿佛冰冷的时代，但始终却在心里似乎在挣扎着寻找着跟剧情一样的伤痛。每一个时代对于生命的诠释几乎都富有当时精神上的取向，然而，在一幅幅震撼内心的画面迎面扑来时，大脑在瞬间仿佛一下子定格，我竭力地忍受着，苦苦地撑着，犹如自己看到心灵崩裂之后的苟延残喘。此时此刻，所有对生命的解释和活下去的价值顷刻间被无情的现实彻底击碎。

由此，我是观众也是剧情中的一个虚化的角色，在各种自相矛盾中寻求心理上的慰藉，在各种痛苦中默默地去尝试着忍耐，在几乎没有选择的狭小空间里努力地去解脱自己，然而，历史不仅无情更是压榨岁月反复勾起的伤悲……

电影是部好电影，整个剧情跌宕起伏，但由于种种原因，不方便写过多的影评，更不能随意地去写看完之后的感受。因为，我们现在很好！生活得很幸福！

电影由著名演员葛优、巩俐主演，不愧是影帝和影后，两个人在该影片里把两个主要人物演绎得淋漓尽致，他们不仅拥有超高的演技，更是因为他们是大陆演员深谙那段历史的过去，以及有着自己对历史的感受。

——2017 年 1 月 18 日写于吉山寓所

美国电影：《火影救援》

　　影片故事情节大致是：在一次人类登陆火星的任务中，宇航员马克·沃特尼经历了一场恶劣的风暴后，与机组成员失联，所有人都认为他在任务中丧生。然而，马克却幸运地活了下来，但他很快发现自己竟然孤单地置身于火星。面对贫乏的生命补给，马克必须靠聪明才智和顽强意志存活下来，并找到向地球发出求救信号的方法。地球上的人对于是否前往火星去拯救他也有分歧。

　　影片长达 140 多分钟，多半都是马克一个人在火星的时间，影片本身的故事比较复杂，而且不像以往的好莱坞大片拍摄运用大量的技巧或者特技，在影片的开头就是故事的开始，没有前后背景的交代，没有自我介绍时的故事起因，在平缓中仿佛在揭开历史的画卷，徐徐地面向观众展开……

　　这部影片最大的特点不是对火星的探索，不是对太空未知的探秘，也不是对即将适合生存的另一个星球的假设，影片的主题是反映宇航员面对孤独的一种忍耐精神和乐观向上的积极态度，是宇航员处在一个陌生的星球时刻都有死亡可能的无所畏惧的精神。

　　马克在本能求生欲望的过程里，并没有消极地等待，也没有灰心丧气，更没有在平静中等待着死亡的到来，他运用他的聪明才智克服了常人难以想象的困难，终于在一次次的失败中找到了生存的希望，他的自我调侃以及自认为是征服火星第一人的精神都是值得我们去学习和借鉴的。

　　当我们的生命个体面临死亡时，因为我们对待的态度不一样有可能导致的结果不一样，诚然，马克也是人，且是一个普通人但他绝不是一个平凡之辈，在荒芜的另一个星球，除了死一般的寂静和恶劣的气候变化，唯一支撑他活下去的就是内心永远不泯灭的希望！尽管一次次的希望被意外打破，尽管他尝试了很多的努力最终还是毁于一旦，但他依然挣扎着，奋斗着，努力着，继续着为他能够返回地球工作着！

　　影片里面的人物刻画和内心世界的描写，既有东方明显的自我徘徊挣扎，也有西方精神里团结合作的精神，从这一点不难看出导演在构思这部影片时是煞费苦心的，也是用心良苦的。影片的最后依然延续着美国特有的文化内涵：此次营救不仅是美利坚的营救也是世界上一个伟大的创举！

——2015 年 11 月 25 日写于吉山寓所

美国电影《云中漫步》观后

美国电影《云中漫步》一口气看完了，这是一部有关爱情的电影，也是一部美丽的田园风光旖旎的电影，故事情节设计得很是感人也深深地打动了每一个观众，一部电影的艺术渲染和对爱情憧憬的拍摄手法，非一般导演所能完成。

那似乎是很遥远的爱情故事，大片大片的葡萄园、雾霭、霞光，一个在镇子上奔跑着的男子和在深夜窗下传来的悠扬琴声、那里的风土人情，一切一切都是如此唯美、如此不真实。

他是从硝烟弥漫的战场上复员的军人保罗，倏忽而逝的生命使他懂得珍惜身边人，在离开家的日日夜夜里，他不断地写信给妻子，诉说他的思念，他需要有人来与他分享因面对生离死别而生出的寂寞与伤感，可他万万想不到日后会换来妻子的漠然与背叛。

她是未婚先孕遭受男友抛弃的女子维多利亚，在家乡的葡萄园即将面临收成后全家团聚的时刻，她正站在路边考虑着自己的艰难处境，为回家后究竟该如何面对封建保守的父亲而心生烦恼。

他和她的相遇，就像冥冥中的注定。善良的保罗同意暂时冒充维多利亚的丈夫，前往她的家乡，那片总被温暖的雾霭笼罩着的葡萄园——"云之乡"。上帝弹奏着欢快的曲子，正一步一步把他们引入爱的旅途。

导演用大量的空镜头向我们展示了美丽的田园风光，夕阳中的小路，雾霭下的葡萄园，宁静的村庄。那种乡间的浪漫气息很容易让人联想到陶渊明的《桃花源记》或 John Denver 的《乡村路带我回家》。保守率真的父亲，慈祥的母亲和奶奶，爱吃巧克力的爷爷，顽皮的弟弟，友善的庄园仆人……影片所极力渲染的"家"的和谐氛围不仅打动了保罗，也打动了我们。

在保罗的梦境中，总有孤儿院和断壁残垣的景象，"我想有个家"，这是保罗真正的心灵所需。渴望爱与被爱，渴望安稳的家庭生活，于是才会令他对云之乡产生魂牵梦萦的情愫。

保罗和维多利亚在葡萄园中为霜冻的葡萄生火加温，月光下的那对恋人轻轻挥舞着羽翼一般的纸扇就好似一对蝴蝶，他们站在一起，可以感受到彼此的心跳；田园中的人们把收割下的葡萄丢进巨大的木盆里，然后用脚来踩踏以酿造香醇的葡萄酒，在欢快的节奏中，四下飞溅的葡萄汁液一定也沾染了恋人之间的甜蜜；仍然是在夜晚，保罗站在维多利亚的窗下唱起了情歌，情绪被不温不火地渲染，时间也在那一刻定格，一副夏夜的油画被永远铭刻在我们的心上。

美国好莱坞电影《美国狙击手》观后

反思现代战争对军人的伤害，在好莱坞并不是一个新鲜的题材。《美国狙击手》的独特之处在于，它改编自一位美军狙击手自传。

影片的原型克里斯·凯尔是美军的一名优秀狙击手，曾因多次保护同胞安全而成为"美国英雄"，他甚至被封为"美国军事史上最致命的狙击手"。与此同时，英雄的背面是严重的战后创伤症（PTSD）。凯尔传奇的落幕令人唏嘘，在 2013 年 2 月 2 日，他告别了妻子和孩子，到射击场去打靶，结果却不幸被另一位同样患有战后创伤症的退伍老兵枪杀。

戏外的故事，给这部影片制造了额外的真实感。与此同时，戏外的真实人生，也抹杀了电影过度发挥的可能性，凯尔的父亲就曾经警告过伊斯特伍德，如果他们的电影伤害了他儿子的名誉，他绝不会善罢甘休。

导演克林特·伊斯特伍德使用了较为保守的方式来展开故事，他尊重凯尔的真实经历，在敏感的英雄之死上，似乎是为了回避争议，采用了一笔带过的模糊处理。这使得影片完全站在了保守主义的立场，整部电影都在践行凯尔的牧羊人理论。

狼群会袭击羊群，于是他们需要牧羊人的保护，这是一种质朴的国家暴力观念。在《美国狙击手》中，导演伊斯特伍德没有在观念上提出挑战，他的着眼点其实仅有两个：一是战争中的个人的动机，即牧羊人理论；二是战争对个人的伤害，即狙击手本人严重的PTSD，以及他的家庭付出的巨大牺牲。

《美国狙击手》是一部扎实的战争题材电影，与近些年的反思战争电影不同，伊斯特伍德没有在观念上有所刷新，反而采用了非常传统的方式。在今日的美国主流电影里，扎实的传统好莱坞制作观念，反而较少看到了。

电影《奇异博士》带给我们的困惑与感知

——人类未知的自然能量与物质！

——电影《奇异博士》带给我们的困惑与感知。

有一段时间没有去电影院看电影了，只因工作的忙碌或是忽略了这个保持长久的习惯，随手打开影院的信息看到了《奇异博士》电影正在热播，于是乎就随意地看了，没看之前应该感觉是类似于传统的科幻片，但看完电影后更加让我感到困惑和迷茫，这就是美国电影！美国电影不会照顾到观众的情绪，也不会替观众去想，它讲的故事和正在发生的故事，一如既往地进行着，至于你是否看得懂，看得明白那就看你的造化和欣赏水平了。

影片的故事情节算不上创新，更没有新意和改变以往的文化元素，大致说的是一个外科医生在一次车祸中失去了双手，当然，也失去了做医生的工作，医生在彷徨中寻求能够治疗的方法，在挣扎中希望看到生命的奇迹，在痛苦中寻找着属于他自己的未来，然而，这一切最后都让他绝望了，直到他遇到了一个他以前并没有完全治愈的病人，直到这个奇特的病人给他指明了方向，直到他耗尽自己的全部积蓄来到了神秘的东方，直到他到了幻觉一样的城市——加德满都，他的一切在瞬间改变了！

影片中叙述的是三个世界存在一些空幻的自然现象。现实中的世界也就是我们生存的世界，时间和空间都是有序排列的，物质在一定的时间内会有微妙的变化，当然，这个变化也许是物理的也许是化学的。但在另外一个世界里却打破这个常规的，时间可以在一刹那间固定，而物质可以跟随拥有的能量来回自由地移动，直到按照自己的想法去任意改变，还有一个世界就是次元素世界，是肉体和灵魂随时脱节却又可以合二为一的精神世界。三个世界的并存原本没有大的矛盾和冲突，但能量的泄露和心智的恶化使得三层世界的秩序终于被打乱了。

一种超自然的力量是否存在，目前停留在科学研究上，但很多奇怪的现象的确也让人难以解释，宇宙中的物质无论是在游动地往回，还是永远固定不变，在其背后都有着能量的控制，影片告诉人们的是当时间和空间错位时那将是一个世界的覆灭，新的世界会由此诞生，由于物质的稳定性和时间的游离在相当的一个过程（虚幻）里会导致地球上物体的变化，人类在这里没有任何能力去改变什么，更没有知识去认知或者去研究它，但它的确真实地存在。

影片中涉及的另外一个问题就是自然法则，目前我们认知的自然法则无非就是以自然存在的个体或者动物之间的生存法则，然而，在另外的两个世界里却是相反的，自然就是原本是存在，当某种能量控制时间的长短，用以改变整个世界的结构时，我们生存的空间包括主导我们精神的大脑势必跟随另外的自然法则进行无知的变化，分析到这里，也许我们会觉得恐惧和害怕，也许会突然感到这个世界不仅神奇而且更加神秘，在罔顾这些时其实就是人类最好的生存条件，因此，我们无须担心。

　　穿越时空的思维方式是人类早已意识到的，我们在不知不觉间所领会的都是身边忽略不计的过程，当我们享受沙滩阳光时我们会认知大海太阳的存在；当我们工作生活时会认知单位同事的存在；当我们精神压抑或者几度失落时，我们会认知思想的存在；当这一切都存在时，自然以外的能量依然与我们存在。我们忽视它的存在，因为我们的精神世界很简单；我们放弃对它的研究因为我们不想有太多的思想负担；我们与它和平相处因为我们是真实存在这个世界，而且也永远无法超越能量的摧毁事实。所以，我们学会沉默，所以我们学会观察，所以我们学会了忘记！

　　祥和，安静，和平，幸福，是人类永远追求的主题！

——2016 年 11 月 5 日写于广州

客家腌面与 007 之幽灵党

　　《007：幽灵党》给人的整体印象是奥斯卡获奖导演门德斯导惯了文艺片，为全世界影迷奉献了一部史上最"闷骚"的《007》。在这部《007》里，导演把主要的心思都用在了营造气氛和精美的摄影构图上了，当然，导演也学会了中国导演的一些系列拍摄手法，在整个剧情里面过多地加入了儿女情长的情节，很显然不符合美国导演的拍摄习惯，毕竟是动作系列电影，而且 007 又是深深植入全世界观众心里的一个硬汉形象。所以，观看完后不觉有几分失落和叹息！

　　梅州客家腌面是以正宗小麦面粉用高汤煮就而成，辣椒叶汤配以精肉多少给腌面增加了可口的调料。007 在这部电影里所使用的一些装备比如汽车和手表，在没有全部展现出来就一下子夭折了，对满怀期望的观众来说是一个不小的打击。当腌面吃完来不及喘息时轻轻喝一口辣椒叶子汤，不觉整个身体犹如清风吹过，特别轻松自然。

　　在所有紧张的戏份里，导演运用音乐和剪辑吊足了观众胃口，结果却在最后一击时给人一个很"二"的印象。而这一集的邦德，可谓是史上战斗力最弱的邦德，不仅自己不能制服对手，甚至还要靠美女救英雄，关键时刻靠装备和运气，其手段不得不让人联想到另一名伟大的英国间谍：憨豆先生！

　　不得不承认，《007：幽灵党》长于摄影、音乐、剪辑，输在剧情。罗马那些百年建筑，不以一种极具风格的构图出现在大银幕那真是白瞎了，还有片中那些自然风景，这些都是可以得奖的。

　　在许多需要烘托气氛的段落里，音乐起到了非常出彩的效果，无论是调情，还是进入危机四伏的破旧建筑，音乐和剪辑配合到一起，层层递进，然后精准地戛然而止，显示了一个奥斯卡文艺片导演的功力！

——2015 年 11 月 22 日写于马路边

夜读《简·爱》

如果上帝赐予我财富和美貌，我会让你难以离开我，就像我现在难以离开你一样。可上帝没有这样安排。但我们的精神是平等的。现在我不是用我的身体跟你对话，是用我的灵魂和你的灵魂对话，如果有那一天，或者必须有那一天，如同你我走过坟墓，平等地站在上帝面前。——夏洛蒂·勃朗宁《简·爱》。

因为她的自尊，她更懂得什么是尊严，什么是真正的爱。可命运是如此不公平——简·爱是一个不美、瘦小的女人，但她有着区别于别人极强的自尊心。她坚定不移地追求着一种光明的、圣洁的、美好的生活。

回到现实中来她知道有着很多的不平等，也许这个不平等在别人看来是不经意间的，或者是可以忽略的，因为她的贫穷带给她对财富的渴望；因为她的相貌不美，她才如此执着追求精神上的平等。

在渴望得到爱情的同时，她内心深处特别复杂也难以让人琢磨，是内心空虚寂寞的冷酷，还是在极度忐忑中期望爱情的到来，这一切的一切都在影响着她，也在无情地折磨着她。

在憧憬美好的爱情面前，她的局促不安和有意识的拒绝，其实都是在反映她内心深处的彷徨与犹豫。她是一个平凡的女人，因为她渴望得到属于自己的爱情，她不是一个平凡的女人，她敢于正视自己，尽管这些所谓的不足非她自己之过，但现实是无情的、残酷的，一次次击碎了她对美好爱情的向往。她的自由来自她夜深人静时的孤独品味，她的忧郁来自面对现实却不能改变的无奈，她的快乐来自梦中的幻想和白天瞬间的相处，在寂寞难耐的时间里她一直在等待着那个时刻，在盼望着那个幸福时刻，她整个人变得如此单纯和可爱。一切的痛苦解决的唯一办法就是忘掉回忆。

当我们回味整个故事的情节时，也许我们感叹着剧情的悲剧，虽然这个悲剧不是人为设计或与生俱来，尽管是因为出生延续后来的过程带来的唯一原因，但也只能在精神上找到平等的共同点，而证明这个共同点也只能用唯一的方法就是，静静伫立在最后的归宿：坟墓。

通常我们感受爱情的甜蜜是每每矛盾中得以化解的巧妙转折，并非是因为爱的完美所能带来的愉悦。

爱情是什么？什么是爱情？

在不难回答的问题背后对每一个人来说已经是个非常艰难的事情。

是两地苦苦相思的恻隐缠绵？是朝夕相处的面面相视的烦琐生活纠葛？是彼此牵挂充满着亲人般的思念？还是忘掉对方以图自己从阴暗中走出来的重新开始？我亦茫然，你亦茫然……

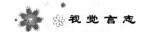

假如我们忘掉了思念，终日是自己跟自己平静的对话，假如我们忘掉了因为物质、容貌左右我们的价值取向，假如我们把生活的对方兑换成彼此的对方，如此这样，或者如此那样，因为贫穷的爱情，是否得以在严重匮乏中换来短暂的宁静？

心之乏乏，心之困困，也许这才是我们的真实写照。

—— 2017 年 10 月 25 日凌晨写于吉山寓所

随 心 随 笔

旅行随记

　　一个人的旅行，并非单调而枯燥的行走，暂时脱离自以为是的生活，放飞梦想串联起属于自己的回忆……

　　也许，前方是美丽的风景和杨柳依依的湖畔，也许前方是充满诗意的田园风光……

　　尽管旅途疲惫，尽管一路孤独，忘却自我，依然在路上……

随意弹奏的音符（内一首）

在这个春雨绵绵的季节里，无暇顾及的是手头上的一些琐事，每每闭上眼睛倾听着天籁之音，我一颗仿佛久远的心一下子回到了往日的时光。

悠扬的旋律，经典的故事，合着节拍的轻音乐，久违的心灵不是短暂的震撼，是轻轻地叩击着沉睡已久的记忆，我漫不经心地翻开发黄的日记，在一片空白格的白纸上，已找不到年轻时的忧伤，此时此刻，一种从未有过的孤寂包围着我，使我的心在冰冷中又一次地继续寒冷下去。

有人说人生如同一首诗歌，虽然没有音律的合成，但能谱写出属于自己的精彩华章，也许我们有着同样的故事发生，也许我们有着各自不同的岁月经历，在风花雪月时一次次拒绝的浪漫，何止是一个人在孤独地行走？

逝去的岁月不仅丢失了我的纯真和挚爱，也蒸发了少年时代的单纯和幼稚，就这样在没感受到无忧无虑的日子时，在渴望成长又拒绝成长的矛盾中不经意间已经长大……再长大。

四季轮回的无情代替了我的脆弱情感，在懒散地观望着片片白云，远处忽隐忽现的山峦在夕阳西下中悄然一抹金黄色，不再追忆少年时代的情况，在痛苦中寻求着永远都没有真实的答案，在徘徊中一次次的孤零零的路灯下，悄然回首过往的背影，而那一串串的背影何曾是惆怅的最终释怀？

无数次的风雨洗礼，无数次的艰难困苦地度过，成熟了我的思想，淡化了我的简单，坚定了我的信念，也更加平和了我的心态，于是乎学会了欣赏大自然赋予的博大情怀，在面朝大海映入眼帘的不仅是一望无际的蓝色海洋，也浓郁了我的爱恋。

我想亲手去雕琢属于自己的月光，我想亲手建造属于自己的小桥流水，我想走进只有属于我自己的一米阳光，在春风化雨的日子里，我默默地等待着……默默地期待着……我渴望让自己随意地畅想，我渴望走出这个世俗纷扰的世界，在一片洁净的天空里看庭前花开花落，云卷云舒，去留无意。

我渴望重温一抹美丽的心情，任凭深水三千尺我只掬一捧的真爱；我渴望再一次走过沟壑纵横的黄土高坡，抒写着自己的千古爱恨、荡气回肠；我渴望回归到菁菁芳草碧连天的田园风光，在清晨的牧笛声中迎着薄雾冥冥走向灿烂的朝霞；我渴望在轻轻地吟唱中不再承受岁月的苍茫，回眸是惊鸿一瞥的淡淡的微笑。

——2017 年 4 月 23 日写于吉山寓所

家乡小吃颂

青黑石磨流豆浆
精选淮北黄豆黄
浓白温润如汉玉
芝麻花生豆腐张
祖传配料是秘制
大火烹制小火汤
面筋泡菜锅中煮
终得马虎一碗香
相传南宋抗金时
金人路过如饿狼
游牧喜爱喝马奶
挖空心思逼善良
怎奈中原牛耕地
何来马奶做成汤
面对金兵凶煞神
心生一计多思量
江南糙米为食料
精磨去渣疑豆浆
大火熬煮半时辰
揭锅十里闻飘香
金人虽然多挑剔
口称马虎就这样
马虎一词双关语
勤劳智慧放光芒
如今马虎誉天下
美食美名响四方
家乡小吃颂

——丁酉年立春写于皖北

饺　　子

昔日饺子昔日味
一碗二面也陶醉
当初两双竹筷子
如今独木不成对

看风景的心情！

秋高气爽的日子里
来一场简短而没有压力的近郊秋游
让心灵和身体，在路上
尽情释放所有压力
也许你喜欢徒步
但可能不胜体力
也许你有汽车
但可能会错过路上的风景
和自由的呼吸
这个秋天
因为绿源

清晨的校园

结束晨妆破小寒，
跨鞍聊得散疲顽。
行冲薄薄轻轻雾，
看放重重叠叠山。
碧穗炊烟当树直，
绿纹溪水趁桥湾。
清禽百转似迎客，
正在有情无思间。

火锅情怀

别人火锅我吃菜
天地之间独往来
六人围着铁锅吃
高粱小烧尽开怀
一碗米饭一双筷
看着邻桌直发呆
东北有个黑龙江
从化兄弟正腐败
喝完小烧喝哈啤
估计又要卡拉OK
哥哥一人在湘西
吃完米饭望窗外
湘女多情没看见
形影相吊如树叶
东莞兄弟来电话
时常关心暖情怀
走过湖北到陕西
不见北京是刘凯
湘西无情人有情
新国兄长问声来
亲自驾车游景点
不辞辛劳把车开
元江水长三千丈
不及手足情真切
待到花城再相聚
三五成群去永泰
彦平厨艺很高超
江南豆腐炖海带
东莞有个鸭嘴鱼
兄弟提前早安排
聚义大厅满桌时
李校过来更精彩

——2016 年 8 月 9 日胡乱写于湘西怀化

记忆的篇章

你的记忆是我回忆的篇章
如同青沙一般的流过黑色的城墙上
昔日的欢笑和即将逝去的忧伤
仰望星空落日的余晖洒在脸庞
青色的石板是镌刻的记忆
你我的记忆仿佛一块块的页脚
留下萤火虫微弱的光芒
多少个日日夜夜如流水般的消失
如今汇合成缤纷的优选殿堂
我在岁月的迷雾里羁绊而行
同样的折磨与痛苦依然源远流长
一张张黑白照片静静地等待着
瞬间的欢乐来不及好好珍藏
你我风雨中走过四季走过阳光
眷恋着过去的烟雨蒙蒙
缠绵着淡淡的忧思故乡

——2015 年 12 月 12 日，写于吉山寓所

今天所谓的情人节

今天是西方的节日——情人节跟往年我有很大不同的感受。到目前为止，看不到很多人在微信里发一些无病呻吟的感叹，看不到彼此之间没有任何诚意的所谓问候，看不到因为今天是洋人的情人节而让自己再发出失魂落魄的感叹，所有的一切今天显得那么安静，那么平静。

老夫看到这些现象颇感欣慰！

表面上的平静实际在说明我们国家年轻的一代正日渐成熟和强大！同时，也在向世界昭示着中华传统文化的自信！一个国家、一个民族，乃至一个个体的人首先是内心要强大，要从我们上下五千年文明中汲取文化的精华，以文化的精华来滋养我们自己强健的体魄，于是，我们不仅有民族的自豪感，不仅有文化的认同感，更有与国家之命运紧密连在一起的归属感。

青年是国家的未来更是民族崛起的重要力量，因此，无论任何时候作为青年一代的你们都毫无理由地把自己视为弱者，因为，你们肩负着历史的使命，实现中华民族的伟大复兴要靠你们，所以，你们必须是强者！你们所发出的每一个字必须是这个时代的最强音！

我梦想：麦当劳、肯德基永远门可罗雀，你们左手拿着油条右手端着豆浆。

我梦想：大街上所有奔驰的汽车不是奇瑞就是比亚迪，国外的汽车几乎是爵迹。

我梦想：年轻朋友们手里拿着的手机是华为、魅族、努比亚，用苹果的人只能仰天长叹特别自卑。

我梦想：你们身着喜庆的中国传统服饰，洋溢着幸福的微笑进行传统的结婚仪式，虔诚地跪拜你们双方的父母。

我梦想：以上梦想能成为现实！

——2016 年 2 月 14 日写于广州

杂　　感

历史的本身不是悲剧，形成历史的原因才是最大的悲剧。通常是历史从喜剧开始，以悲剧结束，在这个漫长的过程中每一个人都将无法躲避，也无法逃脱自己将要面对的一切。

历史演绎的过程里没有主角也没有配角，大家都在同一个舞台，默默地各自担任着各自的角色，这一切仿佛是自然状态下形成的，看不出半点的人为因素或者细小之处的变化。

我们不能阻挡历史的滚滚洪流，也无法改变自己的人生轨迹以及所扮演的角色，当春光明媚时我们可以开怀大笑，当阴云密布时我们也只能黯然伤神，潸然泪下……

也许这就是历史的残酷，也许这就是当我们面对已经过去的历史时，除了仰天长叹做出无奈的惆怅还能做什么呢？

我们都是平凡中的一颗沙粒，在不经意间学会了审视别人、反省自己，学会了一切有利于自己安全的保护措施，所有这些几乎都是与生俱来的，并无后天得道练习而获之。

——2016 年 6 月 5 日写于吉山

深夜吟语

当目标成为理想也许就是人生的荒唐
当理想成为目标也许就是一生的凄凉
我站在高处，孤苦伶仃
静静地望着远方
没有尽头的大海
永不停息的波浪
在船的另一头
是我朝思暮想的渴望？
那里有我的乐园，有我白皑皑的世界
更有我心目中的天堂
我爱，金色的沙滩，
我爱，幽静的避风港
我爱，洁白的海鸥
自由自在地飞翔
繁星点点是夜晚的点缀
期盼着黎明前的曙光
在哀叹中你我渐渐老去
留下的是快乐的童年时光
你说，爱到尽头是分离
我说，不到尽头早已迷失方向
你我共同拥有的风景里
却独自默默地清唱海上一轮明月出
天涯此时华灯上
从此两岸不谋面
大空即色空满堂

——2016 年 1 月写于吉山寓所

每周"读书时间"

昨天下午办公室全体人员参加了每周的"读书时间"活动。大家把各自最近阅读的书籍通过自己的感受分享给别人。

闭舒云分享的是《愿你与这世界温暖相拥》作者：毕淑敏。

钟雪萍分享的是《阿弥陀佛么么哒》作者：大冰。

陈宗银分享的是《第七天》作者：余华。

尹雪萍分享的是《花田半亩》作者：田维。

在读书分享会上，大家把自己阅读的体会以及感受包括体悟都进行了深入的交流。从毕淑敏在生活中的点滴反应出其对生活的美好向往，到云南丽江一个普通酒吧里娓娓道来的一个个感人之故事，无不透露出作者对生命的思考，对人生的思考。虽然，生活不是一帆风顺，但在挫折困难面前，是消沉地等待死亡？还是积极向上地奋力进去？书中都不仅给了多样性的答案，也给了阅读人的一个重新思考。

生命的意义到底在哪里？生命的延续难道只是为了人类历史不断地发展、薪火相传？还是我们在生命的过程中体验所有的艰难困苦和喜怒哀乐？余华透过另一个世界有力地阐述了生命不仅存在阳光世界，同时，也存在另外的空间里，也许我们每天过着机械般的生活，因为匆匆忙忙而忽略了周围的一切，也许我们每天都在处理着没完没了的工作，忽略了离我们最近的人，他们的生活状态和心情的起伏变化，田维的不幸不是她一个人的不幸，也不是她家庭的不幸，面对疾病的折磨和即将的死亡，田维是那样的平静，是那样的镇定自若，死亡的惧怕是与生俱来的，也是人的本能在下意识里反应最强烈的，然而，当这一切的灾难降临时，田维给了我们最好的答案和诠释。

通过大冰十余年的江湖游历，讲述了他和他的朋友的爱与温暖的许多故事，在点点滴滴的故事中，通过彼此的相识和相知，心心相印地印证着一个个属于彼此的感知世界。他们是小老百姓，他们也不是文化名流和超级富豪，但他们依然有着对美好生活的向往。他们在没有要求下向往的是一种：可以朝九晚五，也可以浪迹天涯的自由率真的生活方式。

当我们阅读毕淑敏的作品时，能够感受到她的生活中不仅有着浓浓的母爱，更有着对社会的责任和对他人的关爱。我们都不伟大，我们都很普通，但我们不仅有着一样的生存权利，更有享受温暖阳光的渴求！

读书可以明智，读书可以明理，读书可以让人每天都有愉悦之好心情，读书可以改变我们原本的固定生活方式。

当我们内心孤寂的时候，通过一段旅行释放出自己的压抑，当我们面临困难时，淡然一笑地匆匆而过，因为明天的太阳依然冉冉升起……

——2017 年 5 月 11 日写于吉山寓所

我思繁华在汉唐

历朝历代关于西安的诗词文赋为数不少，但因有了时代做背景，呈现的景象也不尽相同。不论是李后主的"林花谢了春红，太匆匆"，还是易安居士的"帘卷西风，人比黄花瘦"，都有国破情伤的悲凄底色，而像"春风得意马蹄疾，一日看尽长安花"，虽略显张扬轻狂，却也唯有在盛世大唐，方能有这样明媚热烈之句。

西安，说不尽的繁华与曾经一次次的败落，在历史的长河中几经漂浮的尘埃，而一次次的辉煌鼎盛又一次次地沉沦下去，不由让人陷入深深的沉思之中，十多天的陕西游荡还是进行了深度的游玩并用心去感受……

漫步在古老的城墙，轻轻地抚摸着一块块沧桑陈旧的青砖，我沉默不语中想象着那一段段血与火的历史，十三代王朝的建立形成了西安独特的帝王大气，掺杂着西北黄土高原的风沙凝聚了西安这个城市特有的倔强。

历史不是用以尘封在合适的时候打开，不是在回味无穷之后一片的感叹唏嘘之声，不是在仅仅的回忆中去做随意地妄自菲薄地评论。某种程度上来说历史就是历史，我走在西安的大街小巷寻找着我曾经的梦中千古绝唱，在城墙下在钟楼边我认真去寻找去思考，遗憾的是没有了昔日的阿房宫，没有了六国金碧辉煌的宫殿建筑群，委婉催人泪下的大明宫的歌声早已消失在远方……我不是个伤感之人，我亦不是铁石心肠之人，面对灰色的天空和历史的苍茫，我只能克制住不去轻易地触摸久远的创伤……

我渴望梦回唐朝，我渴望再次能感受到血腥的战场，面对杀戮和血流成河所有的一切只能化作成执子之手一同到老。高高的城墙在夕阳西下的残阳中涂抹上一层金色的红晕，是昭示着那个年代的一次次演绎的故事？还是预示着多少的泪痕向现代人的倾诉？我神情茫然地继续走着，继续着古人的足迹慢慢地望着前方。

黄河是我们民族的母亲河，何尝不是陕北大地的母亲河！在一片黄色的土地上虽然透露着贫瘠，虽然有着常年干旱出现的裂纹，但深厚的黄图掩埋不住他们灵性的智慧，在恶劣的自然气候面前，看不到痛苦和悲观，当麦浪滚滚如潮时一声声高亢嘹亮的信天游响彻云霄，西北的汉子没有弯曲，西北的汉子没有多情的多愁善感，黑红的皮肤下是简单的人生快乐，白羊肚毛巾包裹的不仅仅是生活的乐观，更有着大海般的胸怀与包容，我爱西北汉子，他的淳朴，他的简单，他的野性，他的血腥，他的耿直，所有的这一切都使我在他们面前显得格外的渺小，西北的姑娘没有江南春风沐浴过的小巧玲珑，没有华南经济大潮冲击下的势力，她们的可爱之处是其他地方绝无仅有的，红扑扑的脸蛋透着几分纯真和羞涩，火辣辣的陕北话烘托出她们的爱憎分明，西北姑娘就是这样的大胆，天地之间任凭她们随时随地去爱，任凭她们去遨游四海追求她们的幸福，简单而又快乐着。

历史从来都不是故意给当今人写的，在这里发生过数不清的宫廷争斗，上演过至今都无法揭开的一个个历史谜团，我悲叹他们的过去，我感伤他们的滑稽，我同情他们的无知，但我更佩服他们的勇气。一个痴情女子为了短暂的幸福，付出了原本不该付出的代价，一代帝王在自己心爱的人面前不能保护却又不得不下令处死是气壮山河？还是舍弃美人保存江山？是瞬间忘掉美好的良辰美景？还是被迫无奈地做出生死相依的诀别？

她是那样的娇艳欲滴，她有着倾国倾城的美貌，她有着身上独有的香气袭人，她有着不同女人特有的悲惨命运。世间女子千千万万，何足挂齿杨玉环，风华正茂的 34 岁在一群咒骂声中，在一群感叹同情声中终于玉碎花落。是历史对她的不公平？还是因为她的精美绝伦不该出现的时机？一切都无从考证，一切都是过去的过去。

西京，长安，西安，你走过了中华千年的辉煌，你见证了一个个朝代的兴衰存亡，你不仅是过去的繁华都市，更是今天青春焕发的时代！

——2016 年 8 月 5 日写于西安

无意的沉默

在这个封存的冬天里，不禁在心底荡起那悠远的记忆，记得在春暖花开的时候，看着蓝天白云下的春意盎然，一切都是那么的青春，一片碧绿的世界让我感觉春天真的到来了！

在没有感叹人生苦短的悲怨，跟随着时间在漫无目的地滑翔着，就这样慢慢地走着，我的世界里没有你的日子里，依然还是那么孤单吗？

记得你说你喜欢黑夜，不仅仅是因为一片寂静和自然的伪装，也许你心里的期盼和蠢蠢欲动的希望被恐惧笼罩着，才觉得原来自己是如此孤独。有时思想就像一枚秋叶，除了裸露的条纹表面似乎跟别的树叶一样，然而，你的心情能否跟随簌簌落下的树叶一样在感受着秋天的悲伤？

每当夕阳西下时，一缕落日的余晖涂抹在那把木椅上，在晨曦中它静静地矗立着，在晚霞中它依然静静地伫立着，无人对话的世界是如此的苍凉和寂寞，偶尔的一双情侣坐在椅子上，不知是情感的延续还是情感的终结，总之，每天的早晨，每天的晚霞都会给它涂抹上一层没人欣赏的色彩。

于是，我背起往日的时光，打开心理路程，重新点燃久远的希望，迎风招展的尽管不是娇艳欲滴的牡丹，却是生命力旺盛的小草。因为孤独陶醉在往日的欢乐，因为寂寥向往过去的理想，因为惧怕秋天更想得到春天的芬芳，因为没有对话的精神幽灵，更能让自己活在无限的畅想中……

我没有穿梭昔日的本能，也不能倒流时光，但我可以背靠大山有着高山一样的胸膛，在这个冰封的日子里，虽然早已剥去了华丽的外衣，但我依然拥有肉身之躯。即便失去了所有的方向，但还有希望！我匍匐在小溪边，水里的鱼儿是那么的自由自在，我是鱼？还是小溪流的一滴水珠？没有答案已经成了永远，而永远不变的是我的追求与梦想！

——2015 年 12 月 5 日写于富力新村

雨季随想

　　雨，是一种优雅。让人不认随意打扰，仿佛是个尤物让人觉得怜香。雨，它是一种穿透岁月的美丽。它是滋润生命的美妙乐章，面对人生烦忧，不乱于心，如雨淡然微笑从容处之，它是一种最美的姿势；面对时光荏苒，不困于情，如雨沐心踏歌而行，是一种最美的情怀；面对生命起伏，不惑于世，如雨用心经历坦荡如涤，是一种最美的优雅。人生情致，来自这种优雅。

　　若可以，把我留在雨里，留在青春里，留在最好的时光里！雨停了，心情飘飘洒洒。微微伤感的不是离去的熟悉的背影，在你转身的那一刻，我不禁眼含泪花、无语哽咽……你飘然而至，却又飘然而去，你说过你就是我的心知，却在彷徨中一次次地分别于伤感的站台……

　　我俯身捡起一片落叶，那清晰的脉络是纯净的心境，只是些许潮湿；闭眼聆听一抹流风，那轻声的吟唱是遥远的馨语，伴随着《老地方的雨》一支淡淡忧伤的歌曲，我在雨里静静地等待着你，静静地等待着你，远方的你可曾知道？此时我的心情只是些许迷离；深深思索一段心事，那无言的沉默是碎心的情怀，是对过去的留恋，是爱意浓浓的眷恋……想到你是幸福的，从此，不再孤单。

——2016 年 3 月 17 日写于柳州鹿寨

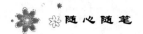

我们的曾经（外一首）

——仅以此诗献给自己曾经的青春

我们是曾经的少年

虽然不再是一张娃娃脸

几分的轻狂，几分的傲慢

面对无知却是继续着茫然

曾经有过美好的理想

曾经幻想过灿烂的明天

懵懂的年龄却老成持重

因为不知将来的光明与黑暗

曾经风流倜傥的少年

岁月的痕迹留不住往日的眷恋

有着青梅果的羞涩

穿过小树林，走过小河边

曾经的今天验证着现在的今天

感叹时间的流逝，匆匆的那年

青葱岁月的歌谣依然演唱着

一缕淡淡的乡愁停留在永远的江南

翻开一张张发黄的照片

稚嫩的笑容挂在嘴边

青山依旧在

我已不是少年那水，那人，那山

这水，这人，这山

一切的一切都将成为昨天

坚守的记忆（随想）

我在默默地咀嚼着记忆深处的含义。我的人生没有失魂落魄的过去，亦没有飞黄腾达的辉煌时代，所谓无限的精彩是作为一个旁观者，一直注视着那个不愿意回忆的年代。如同儿时的一顿美美的饺子，吃完之后留下更多的是回味悠长……

我品味着人间的酸甜苦辣，也在体会着让人不曾有过的感受，虽然我只是茫茫时空的过客，但在瞬间的停留时蓦然回头一瞥，似乎从模糊的记忆中清晰了自己。在时间的穿梭中我没有忘乎所以，在行进的过程中我没有淡忘一切的事情。虽然，渴望着幸福一次次的降临，虽然盼望着快乐能永远停留下来，但有太多的欲望和无奈，在一声声叹息中我又能怎样选择？让我原本遗忘但不该遗忘的曾经摈弃的词汇，再一次在心中重新波澜起伏。

记忆是生活中不可或缺的一部分，记忆也是在复杂的情绪中不可缺少的调剂品，尽管在记忆中有时是那么的羞涩，尽管在记忆中不能完全找回自己，但终究在这个过程中去除了一切的不必要，还是要重新回到我的原点——儿时的记忆。

品读着百年孤独仿佛自己已经是一个垂垂老者，任凭时光的摧残没有留下任何的痕迹，但跟随者时间的脚步毅然决然地走向未知的前方，也许这就是生命的惯性导致的个人定力，也许在回忆中尽力寻找属于自己快乐的记忆，往往在徒劳无功的情况下面对一无所知的无奈，我们还有别的选择吗？倘若时光倒流，倘若能够穿越时空的隧道，在多个选择时能否把自己独立的完整的性格延续下去？

记忆不一定都是美好的，记忆也不一定都是需要坚守的。如果把记忆划分时段的话，谁能给出明显清晰的分水岭？男欢女爱是肉体深度地融为一体，无论在荒郊野外的媾和，无论在庙堂之上的琴瑟之音，在超越灵魂的背后都是性情释然的自然状态。爱意浓浓，情义浓浓，彼此之间的默契一如天地之巧合，忘却生灵的原始野性，恰好披上了文明的外衣，从黄土古道的乡间小路到平坦如砥的黑色马路，无疑都是心灵的一次次寻找。

困境中的坚持其实就是对环境的一种守望，在艰难中的哭泣其实就是对环境的一种方式的抗争。与生俱来，没有一路的高歌，纵然在低沉中沉默下来也是无声抵抗。

我不曾感叹四季的变换影响着自己的心智，往往是在瑟瑟落叶的秋天，会莫名其妙让自己多一分伤感。春去秋来，花开花落，往事如烟，如同白驹过隙的瞬间，没有好好地欣赏云卷云舒和远处苍茫的高山，在一次次的涕零中独自感受这个伤情的秋天。十里湖光，百里桃花，人间真的有世外桃源的清净？当我静静地看着……默默地想着……跟随虚无缥缈的思绪再一次走进如诗如画的唐诗宋词中，姗姗来迟的处子，满身的诗意盎然，在微风中飘忽不定的眼神，撩起的是久远的深切渴望，安静下来的是对梦中情人的一往情深。

人生苦短，来不及的及时行乐在遗憾中勾起我的黯然，忙碌的脚步在漫无目的中是否又一次失去了自己的方向？人生一世，草木一秋，浑浑噩噩的红尘情歌难道是一次次翻新

重唱？还是感叹生命的历程中从未有过短暂的停歇？

　　一杯茶，一本书，一缕阳光，一段美妙的旋律，坐在蓝天白云下的秋天里，感受从未有过的心旷神怡，触摸心灵深处的绝美，陶醉着这份难得的恬静，扔掉画笔，在眉宇间，在我的心间，自由自在地渲染出一幅丹青画卷。

——丁酉年，重阳写于吉山寓所

《吉山随笔》后记

　　起初，关于书名还是想了许久，至于书名应该说不算难取，只因本书里收录的文章有点杂乱无章，写文章的地点分布了好多个省市自治区，但大多文章基本是在吉山校区内的住所完成的，翻来覆去地又想了许久，最终定下了书名《吉山随笔》。

　　吉山曾名红山。位于广州市天河区东部、广九铁路北侧建村时期约为明代。原属于东圃镇。明代建村，因旁山岗多坟墓，行人途经此地时会急步而过，俗称急步岗，后人可能为了图一个吉利，加之粤人比较注重这个，称之为吉步岗，久而久之，自然随性改了名字，也就是今天所熟知的吉山了。

　　书中收录的文章大多是近一两年内写的，篇幅或长或短，林林总总、只言片语有之，偶发想象、随感而录有之，叹天地之悠悠亦有之，影视评说、书后沉思亦有之。各篇幅长短不一很难组成通篇，一如零碎片段实不成文也，又细细观之也不尽然唠叨絮语，尚有点滴咀嚼之味，亦为自己有个记录和记忆，此是成书之因也。

　　因个人公事繁忙，组稿排序等工作是由我的同事尹雪萍老师帮忙完成的。校对书稿是一个辛苦活，也是一个较为细致的过程，感谢我的同事陈宗银老师，不辞辛苦地校对每一篇文章，期间，陈宗银老师也提了不少的宝贵建议，这里还要感谢我的同事李中庆老师，亲自为拙作题写书名，还有诸多朋友的热心帮助，在这里一一致谢！

　　因个人水平有限，学业不精，难免有粗言陋语，还望读者朋友谅解之。啰啰嗦嗦写了这么多，主旨乃表明心思，实无他意，权当书后罢。

——丁酉年，深秋写于吉山寓所